GOLDMANN

ROGER L.

SIMON

Das Geschäft mit der Macht

THE BIG FIX

Kriminalroman

GOLDMANN VERLAG

Aus dem Amerikanischen übertragen von
Friedrich A. Hofschuster

Made in Germany · 7/85 · 1. Auflage

Dieser Band ist bereits unter der Nummer 4874
bei Goldmann erschienen
Umschlaggestaltung: Design Team München
Umschlagillustration: Design Team München
Druck: Elsnerdruck GmbH, Berlin
Krimi 4979
Lektorat: AB · Herstellung: Peter Papenbrok
ISBN 3-442-04979-2

Die Hauptpersonen

Moses Wine	Privatdetektiv
Senator Miles Hawthorne	Kandidat für die Präsidentschaftswahlen
Nate Sugars	Student und Wahlhelfer
Sam Sebastian	County-Koordinator von Senator Hawthorne
Howard Eppis	Chairman der Partei Freies Amerika
Alora Vazquez	Schauspielerin

Der Roman spielt in Kalifornien, USA

I

Als ich das letztemal mit Lila Shea zusammen war, trieben wir es auf der Ladefläche eines 1952er Chrysler-Pritschenwagens, der gegenüber dem Oakland Induction Center parkte. Tränengas drang durch die Ritzen herein, und wir hatten das hölzerne Krachen von Polizeiknüppeln im Ohr. Ich hörte Lilas kleine Schreie kaum; die Sirenen waren lauter. Das war im Herbst 1967 gewesen — in den Oktobertagen des Protests — und kaum, daß wir fertig waren, ließ sie sich von meiner Brust über die Armee-Luftmatratze rollen, zog ihr baumwollenes Höschen hoch und verschwand in der Nacht, ohne auch nur ›Bis später‹ zu sagen.

Aber Lila war immer so gewesen — einer von jenen intensiv lebenden Menschen, die die sechziger Jahre wie Weinschmecker kosteten, jede einzelne Lage und jede neue Richtung. Das Free Speech Movement, das uneingeschränkte Redefreiheit forderte, die Studentenunruhen, die Matratzenkommunen im Haight, die Hell's Angels, die Busfahrten mit Kesey's Pranksters, die Sonnenschein-Nacht in Fillmore, Kommunen in Taos — sie hatte alles ausprobiert. Als ich sie zum erstenmal traf, wurden wir gerade mit Wasserwerfern von den Treppen der City Hall in San Francisco vertrieben; das war bei den HUAG-Protesten im Mai 1960. Selbst damals war sie mehr bei der Sache gewesen als ich, zerrte einen Polizeibeamten zu Boden und gab ihm noch einen Fußtritt in die Weichen.

Ich weiß nicht, wie Lila so geworden ist. Vielleicht, weil sie aus einem so feinen und anständigen Elternhaus in Boston kam, aus einer alten Reedersfamilie am Lewisberg Square. Sie trieb sich in Berkeley herum wie eine barfüßige Grace Kelly, mit langem, blondem Haar, das über ihren olivfarbenen Pullover fiel, und spindeligen Beinen, die sich unter der tiefsitzenden Kordhose abzeichneten. Alle meine Bekannten wollten mit ihr bumsen, ganz gleich, ob sie es zugaben oder nicht. Aber ich glaube, sie war etwas Besonderes. Und in unserer letzten gemeinsamen Nacht 1967 hatte ich mir eigentlich mehr erwartet als nur eine schnelle Nummer nach der Demonstration.

Ich wurde enttäuscht.

Ein paar Wochen später verließ ich die Gegend um die San Francisco Bay, und obwohl ich immer an Lila denken mußte, habe ich sie meines Wissens nicht mehr gesehen bis zu jenem ruhigen Abend im vergangenen Mai.

Ich war zu Hause und spielte allein ›Spuren‹, versuchte dazu aus meiner verkrusteten Haschpfeife was rauszubekommen. Die Münze lag im Studio. Ich ließ den Würfel rollen und rückte fünf Felder vor ins Eßzimmer. Dann lehnte ich mich zurück, um die Möglichkeiten in Betracht zu ziehen. Mr. Green hatte sich selbst eliminiert, und Professor Plum hatte ein wasserdichtes Alibi. Er war den ganzen Nachmittag mit Miss Scarlet im Konservatorium gewesen. Und zweifellos hatte sich Mr. White nicht selbst das Leben genommen.

Also blieben Colonel Mustard und Mrs. Peacock. Aber welcher von den beiden? Welcher?

Ich nahm einen Zug aus der Pfeife und ließ den Würfel rollen.

Eine Vier.

Das war vorzüglich; damit kam ich in die Diele, und von da aus konnte ich den Fall ohne weiteres lösen. Ich nahm meine Münze. Aber als ich die Spielfelder abzuzählen begann, hörte ich, wie jemand an die Tür klopfte. Oder ich dachte, ich hätte es gehört. Die Stereoanlage lief, und ich hatte Kopfhörer auf. Aber dieser jemand schien stur zu sein. Das Rattern harter Knöchel auf Milchglas übertönte sogar Stevie Wonder.

Ich nahm den Kopfhörer ab und schaute auf die Armbanduhr. Zwanzig nach elf; ziemlich spät für Besucher. Ich zog mir eine Schlafanzughose an und ging zur Tür. Schaltete das Licht draußen an und sah die Silhouette einer Frau, die sich auf dem Milchglas abzeichnete.

»Wer ist da?« fragte ich und ließ die Sperrkette eingehängt.

»Eine Wahlhelferin für Senator Miles Hawthorne. Wie Sie vielleicht wissen, Sir, kandidiert Senator Hawthorne im nächsten Monat bei der Präsidentschaftswahl für die Demokraten.« Die Stimme klang dünn, mechanisch. Ich lugte durch den Spalt hinaus, aber das Gesicht war im Dunkeln. »Wir hätten nun gern von Ihnen gewußt, auf welchen Punkt der Beliebtheitsskala Sie den Senator setzen würden: Eins — sehr beliebt, zwei — einigermaßen beliebt, drei — unentschieden oder vier — unbeliebt.«

»Ich werde ihn höchstwahrscheinlich unterstützen.« Die Wahlhelfer für Hawthorne hatten seit Tagen die Nachbarschaft durchgekämmt. Ich hatte gesehen, wie sie mit ihren Volkswagen und Datsuns die Hügel hinauf- und hinabgekurvt waren, eine Liliputanerarmee von College-Studenten und Vorstadtmatronen. Aber abends waren sie bisher noch nie gekommen.

»Wäre das Punkt eins auf der Beliebtheitsskala?«

»Ja.«

Sie hielt inne, als ein Motorrad den Echo Park Boulevard hinunterröhrte.

»Wir begrüßen Ihre Bereitschaft, Senator Hawthorne zu unterstützen. Jeder Wähler in Kalifornien ist von Bedeutung für unsere Kampagne. Brauchen Sie Briefwahlunterlagen oder eine Transportmöglichkeit zum Wahllokal am Wahltag?«

»Ich hoffe nicht.«

Ich begann die Tür zu schließen, aber sie blockierte sie mit dem Fuß.

»Wären Sie bereit, mir ein paar Fragen für unsere Vorrang-Übersicht zu beantworten?«

»Um diese Tageszeit?«

»Wir sind in Zeitdruck, Mister — äh — Wine. Und es gibt noch so viele Wähler, die wir besuchen müssen.«

Ich hängte die Kette aus, um mir meine Besucherin etwas besser betrachten zu können. Jetzt fiel das Licht aus dem Wohnraum auf sie, und ich sah eine attraktive junge Dame mit langen, schlanken Beinen, kurz geschnittenem blondem Haar und scharfen, fast durchbohrenden Augen. Sie trug ein einfaches mexikanisches Leinenhemd mit gelben und blauen Stickereien und einem großen HAWTHORNE-Knopf zwischen den Brüsten. In ihrer linken Hand hielt sie eine Großmutterbrille mit Stiel, in der Rechten ein Schreibbrett mit Computer-Auswertungsbogen und Werbematerial für ihre Kampagne. Auf dem obersten Blatt stand ›Hawthorne spricht mit den Alten‹.

»Die Vorrang-Übersicht braucht nur drei bis sechs Minuten Zeit. Darf ich reinkommen, bitte?«

Ich ging einen Schritt zurück und ließ sie eintreten. Sie ging direkt in meinen Wohnraum, setzte sich auf das Sofa, warf einen kurzen Blick auf die Haschpfeife, die am Deckel des ›Spuren‹-Spiels lehnte. Zwischen dem Revolver und dem Seil auf dem Deckelbild lagen zwei Joints aus gutem Michoacan-Gras. Normalerweise hätte ich sie nicht einfach so vor völlig Fremden herumliegen lassen, aber es hieß allgemein, daß Hawthorne für eine

Dekriminalisierung des Marihuana- und Haschischgenusses eintrat. Er trat für eine Reihe von Dingen ein, wie zum Beispiel für ein garantiertes Mindesteinkommen sowie die nationale Gesundheitsvorsorge und Krankenversicherung. Aber er war eben ein demokratischer Politiker, und die Wahlen standen bevor.

»Haben Sie sich schon einmal überlegt, ob Sie für Senator Hawthorne arbeiten wollen?« fragte das Mädchen.

»Nein, eigentlich nicht.«

»Aber Sie wollen ihn unterstützen?«

»Das habe ich bereits gesagt.«

Ich setzte mich neben sie und wartete auf die Fragen, die zur Vorrang-Übersicht gehörten. Aber ich wartete vergebens. Sie sagte kein Wort. Statt dessen nahm sie ihre Stielbrille und besichtigte mich aus nächster Nähe, dann schaute sie sich um, um den Raum einer ähnlichen Prüfung zu unterziehen. Das Bett war ungemacht, die schmutzigen Teller standen in der Spüle. Das Stereogerät stand auf dem Boden, und davor lagen ein paar Platten ohne Hülle. Das Poster von Lenny Bruce, das an der Tür zum Bad klebte, hatte einen großen Riß.

»Ja, das ist alles, was ich besitze«, sagte ich. »Draußen steht noch ein siebenundvierziger Buick, den manche Liebhaber einen klassischen Wagen nennen würden — aber ich schwöre Ihnen, es ist eine verdammte Klapperkiste.«

Sie lächelte nicht.

Ich besah sie mir genauer. Sie hatte Sommersprossen im Gesicht und auf den Beinen und ein kleines Grübchen im Kinn. Erst jetzt erkannte ich Lila.

»Hallo, Moses. Habe ich mich so verändert?«

»Nein, gar nicht. Aber deine Stimme hat so ernst geklungen — wie bei den Wachturm-Leuten oder so.«

»Tut mir leid — aber ich mußte mich erst versichern, daß du den Senator unterstützt, ehe ich dich einlade.«

»Einladen? Wozu denn?«

Sie antwortete nicht gleich. Stand auf, ging ein paar Schritte zurück und nahm die Großmutterbrille von den Augen. Sie hatte sich verändert, kein Zweifel. Das Haar war anders, und sie gab sich reifer, vielleicht auch selbstsicherer. Jetzt, mit Ende Zwanzig, war sie bei weitem hübscher, als ich sie in Erinnerung hatte. Ich fragte mich, was sie wohl von mir halten mochte.

»Einige Leute im Hauptquartier von Hawthorne möchten mit

dir reden«, sagte sie schließlich. »Wichtige Leute.«

»Worüber reden?«

Sie zuckte mit den Schultern und senkte den Blick auf den Kaffeetisch, schob dann Colonel Mustard mit der linken Hand drei Felder vorwärts bis zum Eingang zur Bibliothek.

»Tu, worum sie dich bitten, Moses; tu es für Senator Hawthorne.«

»Für Senator Hawthorne?«

»Nun, dann tu es meinetwegen für mich. Aus Erinnerung an die alten Tage in Berkeley, als wir ganze Nächte auf der Terrasse gesessen und uns über Camus unterhalten haben.«

Sie beobachtete meine Reaktion. Einen Augenblick lang war es so wirklich wie der Tisch vor uns — Lila, die auf einer Raleigh durch das Sather-Tor fuhr, eine grüne Büchertasche über der Schulter; ich, der auf dem viereckigen Hof stand, sie mit Blicken verschlang, eine Nummer des ›Dissent‹ in der Hand, zwanzig Jahre alt.

»Ich werde es versuchen«, sagte ich.

Lila schien zufrieden zu sein.

2

Obwohl im Empfangszimmer das Licht brannte, war das ›Hauptquartier‹ Hawthornes leer, als sie zwanzig Minuten später dort ankamen. Lila Shea klopfte leise an das Fenster neben der Tür. Ich hörte Stimmen und Schritte auf einem entfernten Korridor. Jemand rief etwas, und dann hörte man ein dumpfes Geräusch, wie wenn ein Futtersack am Ende einer Rutsche auf den Boden plumpst.

»Was war das?« fragte ich.

Sie schüttelte den Kopf. Ein Ford-Kombi bog mit quietschenden Reifen um die Straßenecke. Eine dunkle Gestalt saß vornübergesunken zwischen zwei anderen auf dem Vordersitz. Sekunden später war der Wagen über den Wilhire Boulevard verschwunden.

Lila und ich tauschten Blicke. Sie klopfte wieder an das Fenster. Ein dicker junger Mann mit einer Batikkrawatte streckte den Kopf durch den Türspalt. Sobald er sah, wer hier war, öffnete er die Tür weiter und ließ uns hinein. Wir wurden einander vorgestellt, und er sagte mir, in einem falschen Baß, daß er Nate Sugars sei, worauf er damit rechnete, daß ich mich beeindruckt zeigte. Ich war es zunächst keineswegs, doch dann erinnerte ich mich an einen Artikel in Newsweek über ein besonders schlaues junges Computergehirn von der Ivy League, der sich Hawthornes Kampagne zur Verfügung gestellt hatte. Daraufhin sah ich ihn mir genauer an. Er konnte nicht viel älter als neunzehn sein. Das Fett um seine Hüften sah aus wie Babyspeck. Die Hemdsärmel hatte er hochgekrempelt, und hinter das Ohr hatte er sich einen gespitzten blauen Bleistift geklemmt.

»Was war das für ein komisches Geräusch?« fragte ihn Lila.

»Ein Verrückter, der versuchte, bei uns einzubrechen. Sebastian hat sich um ihn gekümmert.«

Sugars und Lila führten mich durch den schwach erleuchteten Korridor an Reihen von Aktenschränken und Telefonen vorbei zum hinteren Konferenzraum, wo sich der Rauch aus dem Aschenbecher von im Kreis dort liegenden Zigarren in die Luft kringelte. Es sah aus wie in einem alten Edward G. Robinson-Film.

»Moses Wine.« Ein dunkler, vierschrötiger Mann Mitte Dreißig streckte mir die Hand entgegen. »Ich bin Sam Sebastian. Senator Hawthornes Koordinator für das County Los Angeles.« Er trug ein teures Seidenhemd unter einem Pullover mit Ren-Muster.

Ein paar ältere Politiker in Hemdsärmeln und mit breiten, uniformartigen Krawatten wandten sich mir zu und schauten mich aus trüben Augen an. Sebastian deutete ihnen an, sie sollten den Raum zusammen mit Sugars und Lila Shea verlassen. Dann ging der County-Koordinator um mich herum und schloß die Tür, verriegelte sie und legte die Kette vor. »Man kann nicht vorsichtig genug sein«, erklärte er.

»Das habe ich gesehen.« Meine Antwort schien ihn zu verwirren. »Ich meine diese Typen, die in dem Ford davongebraust sind«, erklärte ich.

»Ach, das. Das war nichts.« Er machte eine geringschätzige Geste mit der Hand. »Die erwischen wir schon zur rechten Zeit. Es gibt viele verdorbene Leute in diesem Land. Das kommt aber auch daher, daß ihre Eltern zuviel von ihnen erwarten.«

Sebastian deutete an, daß ich mich setzen solle. Auf der Tafel hinter ihm war ein auf die Minute ausgearbeiteter Plan für die morgigen Besuche des Senators. Um 10.15 Uhr wollte er einen Swimming-pool in Watts einweihen.

»Buletten von Wong«, Sebastian hielt einen weißen Karton hoch. »Ein bißchen viel Maisstärke vielleicht.«

Ich schüttelte dankend den Kopf, und er nickte und setzte sich mir gegenüber. Seine Augen waren schwarz und ohne Bewegung. Seine Lippen waren schmal, und er hatte die Gewohnheit, sie alle paar Sekunden mit der Zungenspitze anzufeuchten.

Ich merkte, daß er mein Gesicht betrachtete. »Sie sehen nicht aus, wie ich mir einen Privatdetektiv vorstelle«, sagte er. »Aber fast niemand sieht so aus, wie man ihn sich vorstellt... Wann wollen Sie beginnen?«

»Womit?«

»Senator Hawthorne zu helfen, daß dieses Land in eines verwandelt wird, wo es sich wieder zu leben lohnt — weswegen wir alle hier sind.«

»Aha«, sagte ich.

Der County-Koordinator fuhr fort, mich unverhohlen zu studieren. »Skeptisch, für dieses System zu arbeiten?« fragte er, ohne eine Antwort zu erwarten. »Das war ich auch. Vor acht, neun Monaten hätte ich es mir nicht träumen lassen, daß ich einmal für einen Politiker des Establishments arbeiten würde. Aber jetzt...« Er nahm einen Holzstab, mit dem man den Kaffee in Plastikbechern umrührt, und benutzte ihn dazu, seine Worte optisch zu unterstreichen. »Außerordentliche Zeiten verlangen, daß man flexibel bleibt.«

»Kommen Sie zur Sache, Sebastian.«

»Kalifornien ist der entscheidende Test. Die Nominierung hängt davon ab. Das wissen alle. Und wir waren dem Erfolg nie näher als jetzt. Wir waren fast am Ziel. Aber es braucht nur das leiseste Gerücht, und alles gerät in Gefahr. Wir haben uns gegen alle Eventualitäten abgesichert, und dann kommt dieser Schweinehund daher!« Er öffnete die Handflächen wie ein Anwalt bei einer Gerichtsverhandlung oder ein Priester, der gerade eine entscheidende Wahrheit von sich gegeben hat.

»Was für ein Schweinehund?« fragte ich.

»Eppis.«

»Eppis?«

»Howard Eppis, Chairman der Partei Freies Amerika, der Autor von ›Reißt es ab!‹«

Dummes Geschwätz, dachte ich. »Warum? Was ist mit ihm?«

»Er hat uns beigepflichtet.«

Ich begann zu lachen. Das Ganze war wirklich sehr komisch. »Kommen Sie, Sebastian — ich dachte, Sie und Ihr Senator seien die Leute des großen Fortschritts. Und da braucht nur ein lausiger Radikaler auf euren Wagen zu springen, und schon ist Polen offen?«

Sebastian war alles andere als amüsiert. Er zog die Stirn ernst in Falten und legte die Beine in der Drillichhose übereinander. »Eppis ist nicht der einzige Radikale, der unsere Kampagne unterstützt. Das haben schon einige vor ihm getan — gar nicht wenige. Wir ermutigen jeden, abwechslungsweise einmal innerhalb des Systems zu arbeiten, solange er innerhalb gewisser realistischer Grenzen bleibt.« Sebastian schwieg einen Augenblick, dann beugte er sich vor, als teile er mir ein streng vertrauliches Geheimnis mit. »Aber Eppis ist anders. Wir können nicht einmal Kontakt mit ihm aufnehmen, auch heute nicht. Er antwortet nicht auf unsere Anrufe oder Briefe. Schließlich haben wir versucht, ihn persönlich zu besuchen. Es nützte nichts. Er war nicht zu Hause. Niemand weiß, wo er sich aufhält. Er scheint ganz einfach verschwunden zu sein... Dann, vor ein paar Tagen, kam dieses hier mit der Post bei einer Reihe ausgewählter Demokraten im San Gabriel Valley an.«

Er öffnete einen Schnellhefter und reichte mir die Kopie eines Flugblattes. Es zeigte die Porträts von Lenin, Stalin und Senator Hawthorne ganz oben und ein größeres Foto von Howard Eppis in der Mitte. Ich las den Text.

> Brüder und Schwestern – unterstützt mich bei meinem Bemühen, Senator Hawthorne zur Präsidentschaft zu verhelfen. Ich habe persönlich mit ihm gesprochen und mich davon überzeugen können, daß er ein großer Revolutionär ist. Er wird für Amerika das tun, was Mao und Lenin für China und Rußland getan haben. Wählt Hawthorne!

Oberhalb des Zeichens der Partei Freies Amerika (PFA) stand Howard Eppis' Unterschrift. Und auf der gegenüberliegenden Seite war ein Foto von Eppis und Hawthorne, die sich bei einer politischen Versammlung die Hände schüttelten.

»Scheißpapier, nicht wahr?« Sebastian betrachtete meine Reaktion, als ich das Flugblatt mit spitzen Fingern anfaßte, um es ihm zurückzugeben. »Wieviele haben sie davon in Umlauf gesetzt?«

»Bis jetzt ein paar Hundert. Sie können das da behalten, wenn Sie wollen.«

»Und was soll ich damit tun?«

»Herausfinden, woher es stammt.«

Daraufhin sagte ich gar nichts. Der County-Koordinator zupfte an seinen Manschetten, um sicherzugehen, daß sein Hemd gut saß. Ich hörte Lila Sheas Stimme draußen auf dem Gang und gleich danach das Klingeln eines Telefons. Sebastian beugte sich wieder zu mir her und packte dann meine Stuhllehne. »Ich verstehe nicht, was Eppis damit zu erreichen hofft, oder ob er überhaupt dahintersteckt. Aber wer es auch ist — wir müssen ihn davon abhalten, und zwar schnell.«

»Haben Sie irgendwelche genaueren Vorstellungen, wie?« fragte ich.

Sebastians Antwort wurde unterbrochen durch ein Klopfen an der Tür. »Darf ich reinkommen?« Es war Sugars. Ich hatte keine Ahnung, wie lange er schon draußen gestanden haben mochte. Das junge Genie kam herein und setzte sich rechts neben mich, dann zog er eine Panatella aus der Hemdtasche, eines von den Fünfundachtzig-Cent-Dingern aus Jamaica mit dunklem Deckblatt. »Werden Sie uns helfen?« fragte er mich.

»Ich weiß es nicht. Normalerweise finde ich die Demokraten nicht viel attraktiver als einen Korb voll Vipern. Die alte Garde und die Reformer.« Ich beobachtete die beiden. Sugars zündete sich die Zigarre an und wartete darauf, daß ich fortfuhr. »Aber in diesem Fall stehe ich bei einem meiner Freunde in der Schuld. Vielleicht kann man mich dazu überreden, die Sache versuchsweise für ein paar Tage zu übernehmen.« Sugars lächelte, obwohl weder er noch Sebastian zu wissen schienen, wer mein Freund war. »Aber ich tue es natürlich gegen Honorar. Ich gehöre nicht zu den Freiwilligen von Senator Hawthorne.«

»Ich dachte, man nennt Sie den Detektiv des Volkes«, sagte Sugars nicht ohne Sarkasmus.

»In der Zeitung steht, daß ihr eine Million vierhunderttausend Dollar für eure Wahlkampagne zur Verfügung habt. Erzählt mir bloß nicht, daß das bitter erspartes Geld von Wohlfahrtsempfängern ist.«

»Hören Sie«, sagte Sebastian und deutete auf mich mit dem Kaffeeholz. »Unser Budget ist wesentlich knapper, als Sie glauben...«

»Ich bin nicht teuer, Sebastian. Dreihundert die Woche plus Spesen. Wenn man das mit euren teuren Media-Fachleuten und den Gebühren für die Fernsehwerbung vergleicht...«

Sugars zuckte nicht zusammen.

Sebastian wandte sich ihm zu, und das junge Genie stand auf und trat an einen Computer, der an der Seitenwand stand. Er drückte ein paar Knöpfe, und eine Serie von Karten fiel in das Fach wie die Fragen bei einem Fernsehquiz. Ich fragte mich, ob der Computer vielleicht gedopt war. Sugars nahm die oberste Karte und reichte sie dem Koordinator.

»Schön«, sagte dieser. »Aber es geht nicht über diese vier Wände hinaus. Wenn jemand Sie fragt, sind Sie ein Diätberater.«

Sebastian sperrte die oberste Schreibtischschublade auf und zählte dreihundert Dollar, anschließend noch einmal zweihundert für Spesen, auf den Tisch. In Zwanzigern. Ich nahm das Geld und stopfte es in die Brusttasche meines Arbeitshemds.

»Ich soll also Eppis aufstöbern und dafür sorgen, daß er diese Schmierereien sein läßt.«

Die beiden nickten. Ich stand auf, um zu gehen.

»Was ist die letzte Adresse, die Sie von ihm haben?«

»Columbia Drive dreiundzwanzig«, sagte Sebastian. »In Venice. Aber machen Sie sich nicht die Mühe. Das Haus ist mit Brettern vernagelt.«

Lila wartete draußen in ihrem Volkswagen. Auf dem Weg zurück sprachen wir kein Wort über das, was im Hauptquartier losgewesen war. Sie fragte mich nicht danach, und ich wußte nicht, wieviel sie darüber wußte. Wir redeten über vergangene Zeiten, über Freunde von damals und über das, was seitdem geschehen war. Lila schwieg sich mehr oder weniger aus, was ihr Leben betraf. Ein paar Worte über eine Examensarbeit an der Universität und über eine Europareise, um zu sich selbst zu finden, aber nicht mehr. Eine große Lücke von fünf Jahren — als ob sie sich in irgendeinem Café in Paris in Nichts aufgelöst und Jahre später als Helferin von Senator Hawthornes Wahlkampagne wieder substantiiert hätte. Das kam mir damals ein wenig unheimlich vor, aber ich wollte sie nicht drängen. Ich nahm an, sie würde es mir eines Tages erzählen.

Wir fuhren den Alvarado Drive hinaus bis zu den Echo Park Hills. Lilas Finger streichelten die Außenseite meines Schenkels, wenn sie die Gänge einlegte. Ich sah ihr zu und rührte mich nicht vom Fleck. Aber als sie vor meinem Haus anhielt, beugte sie sich über mich und machte mir die Tür auf.

»Ein Privatdetektiv«, sagte sie. »Das hätte ich nie gedacht.«

»Ich auch nicht.«

3

Am nächsten Morgen wachte ich mit stechenden Kopfschmerzen auf. Ich wußte, daß mir mein neuer Fall gar nicht schmecken würde. Sicher, so schlimm war dieser Sebastian auch wieder nicht. Und es war schön, Lila wiedergesehen zu haben. Aber Sugars erinnerte mich an einen jener frühvergreisten jungen Burschen, wie ich sie vom Jurastudium her kannte, ehe ich es abbrach — die Typen, die ständig in Westenanzügen herumliefen und ihre Delikte diskutierten. Jede Sache hat zwei Seiten, und so weiter. Einerseits gaben sie sich als fair und pragmatisch, andererseits brauchten sie sich dann nie für eine Entscheidung verantwortlich zu fühlen. In zwanzig Jahren würden sie genauso sein wie meine New Yorker Verwandten, würden in ihren neuesten Lincoln-Limousinen durch Harlem fahren, die Fenster geschlossen wegen der Klimaanlage, und das Radio auf den Sender WBAI eingestellt.

Außerdem hatte ich nicht gerade große Lust, mich mit Howard Eppis anzulegen. Er war nur ein zweitklassiger Radikaler, der eben seine kleine Rolle spielte. Wenn er Hawthornes Chancen verderben wollte, war das sein gutes Recht.

Ich rollte mich herum und langte nach der Haschpfeife auf dem Regal. Vielleicht halfen mir ein paar gute Züge, den Kopf klarzubekommen. Aber der letzte Rest von Haschisch war in Asche verwandelt. Ich stand auf und betrachtete mich im Spiegel. Meine Augen waren blutunterlaufen, und mein Haar war ziemlich verklebt. Ich mußte es dringend mit Shampoo waschen. Ich bückte mich und klatschte mir mit den Händen etwas Wasser ins Gesicht. Dann ging ich zum Herd und begann, mir eine Tasse Pulverkaffee zu bereiten. Ich fragte mich, ob der Buick heute früh den Berg schaffen würde.

Dreißig Minuten später wand ich mich durch die Straßen und Gassen von Venice, vorbei an den verblichenen viktorianischen Villen, die früher die Sommerhäuser der Reichen gewesen waren, und sah mich nach dem Columbia Drive 23 um. Ich fand das Haus am Ende einer Sackgasse, eine komische alte Hütte mit Holzplankenweg und hölzernen Löwen an der Eingangstür. Das Gras im Vorgarten war hoch genug, daß man es hätte dreschen können, und durch die Angeln der Gartentür wand sich der Löwenzahn. Ein verstaubtes ›Zu verkaufen‹-Schild einer Firma Pacific Properties in Marina del Ray stand neben der Gartentür. Die Haustür war versperrt, aber ich fand einen Spalt in einem der Läden vor den Seitenfenstern und schaute hinein. Dreck überall, und die Badewanne mit dunklem Grind bedeckt. Die Decke war dunkelbraun gefleckt, und die Spinnweben zwischen den elektrischen Drähten, die aus der Wand hingen, waren dick genug, daß man daran hätte schaukeln können. Wenn hier jemand im letzten Jahr gewohnt hatte, dann lag er jetzt bestimmt mit einer seltenen tropischen Krankheit in einer Klinik. Ich trat vom Fenster zurück und schaute an der Wand entlang. Dann wandte ich mich um. Jemand beobachtete mich durch die Schlitze einer Jalousie im Nachbarhaus.

Ich ging zu meinem Wagen zurück und fuhr davon in Richtung Ozean. Die verfallenden Monumente einer anderen Zeit tauchten auf und wichen kurz danach den vorfabrizierten Mausoleen unserer Tage — billige Motelgebäude mit Namen wie ›Neptuns Königreich‹ und ›Dorf der ledigen Tahitianer‹. Der Strand selbst war zweitklassiges Disneyland. Pacific Properties stand hinter einem Fischernetz aus Plastik zwischen ›Sid's Surforama‹ und der ›Bücherecke zur Seejungfrau‹. Ein Kakadu aus Plastik über der Tür krächzte: »Ahoy, Seeleute. Strandhäuser oder Wohnhäuser... Alles bei Pacific.«

Ich trat ein und wurde von einem gutaussehenden, ergrauenden Mann in Jachtkleidung begrüßt, der sich von einem Liegestuhl draußen auf der Terrasse erhoben hatte.

»Guten Morgen. Ich bin Charlie Flint. Kann ich Ihnen behilflich sein?«

»Ja. Ich interessiere mich für einen Besitz in der Umgebung

von Venice.«

»Und wie ist Ihr Name, Sir?«

»Moses Wine.«

Flint schrieb meinen Namen auf einen gelben Kopierblock, dann wandte er sich wieder mir zu mit dem aufrechten Lächeln eines Beerdigungsunternehmers.

»Nun, Mose, hier sind Sie an der richtigen Adresse. Dachten Sie an ein Strandhaus, an ein Grundstück zur Kapitalanlage oder an ein Wohnhaus?«

»Ich dachte eigentlich an ein Wohnhaus.«

»Sehr gut. Ich bin sicher, Sie haben Vergnügen an unserem ruhigen, erholsamen Leben am Strand. An was für eine Art von Haus haben Sie gedacht, Mose, und was sind Ihre finanziellen Vorstellungen — wenn ich fragen darf.«

»Ungefähr vier Zimmer und fünfundzwanzigtausend Dollar.«

»Fünfundzwanzigtausend, aha.«

Flints Lächeln wurde zu einer Schnute und dann zu einem häßlichen Grinsen. Er ging um seinen Schreibtisch herum zu einer Pinnwand aus Kork und warf einen Blick auf die einzelnen Zettel der Objekte, die hier nach Größe und Gegend geordnet waren. Von hinten sah ich, daß er schwedische Clogs an den Füßen hatte und seinen Gürtel nach Art der Piraten gebunden hatte.

»Tut mir leid, Moses, aber ich glaube, in der Kategorie haben wir zur Zeit nichts da. Sie wissen, es ist sehr schwer, in einer Entfernung von einer halben Meile vom Strand irgend etwas unter fünfzigtausend zu finden... Aber ich werde die Augen offenhalten und mich nach etwas Passendem für Sie umsehen.« Er drehte sich wieder um und streckte mir die Hand entgegen. »Freut mich, daß Sie bei der Pacific vorbeigeschaut haben.«

»Sind Sie sicher, daß Sie momentan nichts haben, Mr. Flint?«

»Ich sagte doch gerade...«

»Und was ist mit dem Besitz am Columbia Drive dreiundzwanzig?«

Einen Augenblick lang zögerte der Makler, dann schlug er sich die Hand vor die Stirn, als versuche er, sich an den Besitz zu erinnern. »Columbia Drive dreiundzwanzig. Moment mal, da muß ich in unserer Kartei nachsehen.« Er sperrte die unterste Schublade auf und sah mit großem mimischen Aufwand eine Kartei in einem Metallordner durch, zog schließlich eine Karte mit Foto heraus. Von meinem Platz aus sah es dem Haus am Columbia Drive nicht einmal entfernt ähnlich. »Bedaure, Mose. Der Besitzer hat als Verhandlungsbasis eine Summe von sechsundfünfzigtausend Dollar genannt. Nun, wenn wir schon in diese Größenordnungen kommen …«

»Sechsundfünfzigtausend? Für diese Hütte?«

»Ja, nun …«

»Allein um die sanitären Einrichtungen herzurichten, braucht man mindestens zehntausend Dollar.«

»Wir müssen die Wünsche unserer Klienten respektieren, Mose.«

»Wem gehört das Haus?«

Flint warf wieder einen Blick auf die Karte, schüttelte den Kopf und gab ein albernes, zischendes Geräusch von sich. »Was kann ich sagen, Mose? Unser Klient wünscht anonym zu bleiben.«

»Das will ich sehen!«

Ich langte nach vorn und riß ihm die Karte aus der Hand. Flint machte einen Satz auf mich zu, aber ich trat einfach auf die andere Seite des Schreibtisches.

»Geben Sie mir die Karte sofort zurück, Mr. Wine.«

Ich warf einen Blick darauf. Die Karte enthielt die Daten und Einzelheiten für ein teures Strandobjekt, eine spanische Villa für hundertzwanzigtausend Dollar.

»Also, Flint, raus mit der Sprache. Was soll das?«

»Was soll was?«

»Warum können Sie mir nicht sagen, wem der Besitz gehört?«

»Es ist genauso, wie ich sagte. Unser Klient möchte anonym bleiben. Sie wurden so aufsässig, daß ich dachte, es ist das einfachste, wenn …« Nun gab er sich allmählich wieder freundlicher. »Sehen Sie, Mose, ich weiß nicht, warum es ausgerechnet dieses Haus sein soll. Es wäre selbst bei einem Preis von fünfundzwanzigtausend ein schlechtes Geschäft. Ich würde es meinem schlimmsten Feind nicht empfehlen.«

»Kommen Sie, Flint. Es ist doch lächerlich, wenn Sie es mir so schwer machen. Ich brauchte nur mit der Adresse zur Stadtverwaltung zu gehen oder zur Versicherung, um an den Namen des Besitzers zu gelangen.«

»Ich würde nicht Ihre Zeit verschwenden, Mr. Wine. Aber das Haus ist unter einem Alias-Namen registriert. Also, wenn Sie mich jetzt entschuldigen wollen — ich muß ein paar wichtige Telefongespräche führen.«

Er ging zu einem der Schreibtische im Hintergrund und setzte sich, wählte dann mit heftiger Bewegung eine Nummer, während er mich nicht aus den Augen ließ. Ich konnte mir nicht vorstellen, weshalb ein ›Zu verkaufen‹-Schild vor dem Haus hing, wenn man nicht die Absicht hatte, es zu verkaufen. Aber vielleicht hatte man einfach übersehen, es wegzumachen. Oder man fand auf diese Weise heraus, wer da herumschnüffelte. Ich versuchte, zu verstehen, was Flint am Telefon sagte, aber er sprach so leise. Er hatte die Hand vor den Mund gelegt, so daß ich auch nicht von seinen Lippen lesen konnte. Als ich die Tür erreicht hatte, kamen gerade eine Mutter samt Tochter herein. Flint machte ihnen das ›Frieden‹-Zeichen.

Auf dem Weg zum Auto blieb ich vor der Buchhandlung stehen, ging dann hinein und kaufte mir ein Exemplar von ›Reißt es ab‹. Neben einem Poster mit Eppis' grinsendem Harpo-Marx-Gesicht stand ein bemerkenswerter Stapel verlagsneuer Exemplare. Wenn er soviel verkaufte und man ihm dafür soviel Honorar bezahlen mußte, war es sehr wahrscheinlich, daß der Verleger Eppis' Adresse kannte. Aber es fragte sich natürlich, ob er sie mir verraten würde. Ich warf das Buch auf den Rücksitz des Wagens und fuhr davon. Als ich in den Lincoln Boulevard einbog, schaltete ich das Radio an. Ich hörte Glockenspiel und eine hübsche Themamelodie, die auf einer Okarina gespielt wurde. Es war eine von diesen Talkshows mit endlosem Gequassel vor dem Hintergrund vornehm klingender Gläser. Der Gastgeber hatte eine Stimme wie Salzblüten auf einem Wüstenfels.

»Hallo, da sind wir wieder, meine Freunde. Und wir haben eine Überraschung für Sie heute nachmittag — das berühmteste Politikerehepaar unserer Stadt. Ist es richtig, daß die beiden energiegeladenen Wilsons sich nur noch mit der Kampagne für Dillworthy befassen?«

»Ja, das stimmt, Bill; Arthur Dillworthy ist unser Mann.«

»Welche Strategie planen Sie, um Ihren Kandidaten herauszustellen und Senator Hawthorne bei seiner Kandidatur zu beeinträchtigen?«

»Ich glaube nicht, daß das ein Problem sein wird, Bill. Arthur Dillworthys Laufbahn spricht für sich. Und ich verspreche Ihnen, eine Woche vor der Wahl werden die Menschen in diesem

Staat wissen, wo Miles Hawthorne wirklich steht. Sie werden erkennen, ob er bereits zu weit vom normalen amerikanischen Leben entfernt ist oder nicht.«

Ich schaltete auf eine spanische Station um.

In meinem Rückspiegel sah ich zwei große Männer mit pastellfarbenen Kunststoffhemden auf dem Vordersitz einer grünen Chevelle mit dem Nummernschild eines anderen Staates. Einer von ihnen hatte etwas in der Hand, das wie eine Miniaturkamera aussah, und schien damit meinen Wagen zu fotografieren. Um besser sehen zu können, verlangsamte ich die Fahrt vor der Einfahrt zu einer Einkaufsstraße, damit sie links an mir vorbeifahren konnten, aber sie bogen rasch auf den Parkplatz aus und verschwanden am anderen Ende hinter einem größeren Bankgebäude.

Ein Stück weiter den Lincoln entlang hielt ich an einer Kneipe, um rasch bei Scotsford Press, dem Verlag des Buches von Eppis, anzurufen. Eine Gruppe von Chicanos-Geschäftsleuten saß an einem Ecktisch und trank Tecate aus dem Krug. Ich ging um sie herum zum Telefon, das neben der Musikbox an der Wand hing. Als ich wählte, setzte sich eine mexikanische Frau in einem mexikanischen Hemd wie das von Lila Shea an den Tisch vor mir. Sie hatte eines jener hübschen Indianergesichter, wie man es bei den Bauersfrauen der Orozco-Wandgemälde sieht, aber mit graugrünen Lidschatten um die Augen. Ich starrte sie an und bekam weiche Knie, während ich die Verbindung mit der Telefonistin von Scotsford in New York herstellte.

»273-4907.«

»Ich möchte mit dem Herausgeber von Howard Eppis sprechen.«

»Einen Augenblick.«

Die Mexikanerin bestellte Wermut und zündete sich eine Zigarette an, blies dann den Rauch in einem ständigen Luftstrom zu mir herüber. Sie benutzte ein scharfes, blumiges Parfüm, wie es viele lateinamerikanische Frauen lieben, und trug einen goldenen Anhänger in der Form eines Aztekengottes um den Hals.

»Lucy Garbers Lektorat.«

»Ich will mit Lucy Garber sprechen. Hier spricht Moses Wine.«

»Sind Sie mit Miss Garber bekannt?«

»Nein, aber ich —«

»Miss Garber ist sehr beschäftigt.«

»Ich bin Privatdetektiv. Ich möchte mit ihr über einen ihrer Autoren sprechen.«

»Wir diskutieren prinzipiell nicht mit Außenstehenden über unsere Autoren, Sir.«

»Dann empfehle ich Ihnen, eine Ausnahme zu machen.«

»Ich verstehe... Einen Moment.«

Die Sekretärin schaltete auf eine andere Leitung um. Währenddessen stand die Mexikanerin auf und kam auf mich zu. Ich hörte, wie sich das Nylon ihrer Strümpfe zwischen den Schenkeln rieb. Sie lächelte mich an und lehne sich gegen den Musikautomaten. Ich streckte den Arm aus und reichte ihr ein Zehn-Cent-Stück für den Automaten. Sie warf die Münze in den Schlitz und drückte zwei Knöpfe. Eine Jazz-Samba von Joao Gilberto. Sie begann sich nach der Musik zu bewegen.

»Wie heißen Sie?« fragte ich die Mexikanerin.

»Alora«, antwortete sie.

Ich wollte gerade noch etwas sagen, als ich von einer Stimme im Hörer aus meinen angenehmen Gedanken gerissen wurde.

»Hier spricht Lucy Garber. Mit wem bin ich verbunden?«

»Hallo, Miss Garber. Mein Name ist Moses Wine.«

»Sind Sie Privatdetektiv, Mr. Wine?«

»Ja; ich arbeite für einen Klienten, der unbedingt Kontakt aufnehmen muß mit einem Ihrer Autoren — mit Howard Eppis.«

»Ich bin nicht bereit, Informationen über meine Autoren nach draußen zu geben.«

»Ich weiß, aber es ist überaus wichtig für meinen Klienten, Miss Garber. Es geht um Leben und Tod.«

»Wer ist Ihr Klient, Mr. Wine?«

Ich sah zu, wie sich Alora im Rhythmus der Samba wiegte. Dabei bewegte sie die Hüften wellenförmig. Die Innenseite ihrer Schenkel hatte die Farbe von Café-au-lait an einem Sommermorgen. Und ihr Kleid war ganz anders als das von Lila Shea. Enger und viel kürzer.

»Mr. Wine? Sind Sie noch da?«

»Ja, ich bin da.«

»Ehe ich überhaupt etwas sagen kann, muß ich wissen, wer Ihr Kient ist.«

»Hören Sie, Miss Garber, ich versichere Ihnen, wir brauchen lediglich seine Adresse oder einen Tip, wie wir ihn erreichen können.«

Die Musik war zu Ende, und Alora lächelte mich wieder an. Ich lächelte zurück.

»Nur, wie wir ihn irgendwie erreichen können, Miss Garber. Es klingt vielleicht verrückt, aber die politische Zukunft unseres Landes steht dabei möglicherweise auf dem Spiel.«

Es klang schon in meinen Ohren verrückt genug. Alora drückte ihre Zigarette in dem Aschenbecher aus, der auf dem Musikautomaten stand. »Noch einen Drink?« fragte ich, aber sie schüttelte den Kopf. Dann winkte sie mir zum Abschied mit den Fingerspitzen zu, drehte sich um und ging weg, hinaus in den vorderen Teil des Lokals. Zu schade.

»Wenn Sie das wollen, Mr. Wine, sind Sie an der falschen Adresse.«

»Sie schicken ihm doch Schecks für seine Autorenhonorare, oder? Er hat bestimmt schon eine Menge Geld gemacht mit seinem Buch.«

»Na ja, soviel auch wieder nicht, Mr. Wine. Wenn Sie jetzt...«

»Gut, Miss Garber. Ich arbeite für die Hawthorne-Kampagne.«

Einen Augenblick lang herrschte Schweigen. »Für Senator Miles Hawthorne?«

»Richtig.«

»Ich verstehe.« Sie schien beeindruckt.

»Wie kann ich Howard Eppis finden?«

»Ich wollte, ich wüßte es. Ich habe ihn nicht mehr gesehen, seit er vor zwei Jahren hier in meinem Büro, in nicht viel mehr als drei Tagen, ›Reißt es ab‹ geschrieben hat.«

»Und seine Postadresse?«

»Er hat sie vor sechs Monaten geändert und ein Postfach in Los Angeles angegeben. Aber weder hier noch dort konnte ich ihn mit meiner Korrespondenz erreichen. Er antwortet jedenfalls nicht auf meine Briefe. Wenn Sie wüßten, was ich alles unternehmen mußte, um überhaupt erst einmal ein Buch von ihm zu bekommen... Aber hören Sie, was geht da vor sich? Ich kann Senator Hawthorne eigentlich ganz gut leiden. Ich meine, er ist sicher ein guter Politiker und so, wenn Sie wissen, was ich meine, und —«

»Ja, ich verstehe. Was für ein Postfach, Miss Garber?«

»Habe ich Postfach gesagt? O nein, ich habe mich versprochen. Ich meinte postlagernd. Postlagernd Hauptpostamt Los Angeles, Kalifornien. Und wenn Sie Howard finden, sagen Sie ihm, daß ich mit ihm reden möchte. Ich habe eine fabelhafte Idee für ein neues Buch, das er mit großem Erfolg schreiben könnte: Kommunen in Zentralafrika. Wir wären sogar bereit, ihm die Reisekosten zu erstatten.«

»Ist das alles, Miss Garber?«

»Ja, aber bitte, verraten Sie nicht, daß ich Ihnen soviel gesagt habe. Das wäre für manchen ein Vorwand, mich von diesem Job zu vertreiben.«

Sie hatte aufgelegt. Soviel gesagt — lächerlich! Hauptpostlagernd Los Angeles! Das war ungefähr so hilfreich wie das Branchenregister von 1942. Der Operator meldete sich und erklärte, was ich nachzuzahlen hätte, weil ich über die Zeit gesprochen hätte. Ich erklärte ihm, er solle die Rechnung an Sam Sebastian im Hauptquartier von Senator Hawthorne schicken, und hängte ein.

Die mexikanischen Geschäftsleute waren bei ihrem zweiten Bier, als ich nach vorn ging. Aus der Musikbox tönte jetzt eine Übelkeit erregende Ballade von Jacques Brel. Die Klimaanlage funktionierte nicht, und ich fühlte mich elend. Aber als ich die Tür erreichte, blockierte mir ein hübsches, braunes, ausgestrecktes Bein den Weg. Alora, die jetzt am vordersten Tisch saß und gerade ihren Wermut austrank. Sie betrachtete mich mit ihren unerforschlichen Indianeraugen, die so schwarz waren wie eine Aztekennacht. Eine Mondgöttin beim Dschungelopfer.

»Hallo.«

»Wohin gehen wir?«

»Ich warte auf meine Schwester.«

»Können Sie ihr nicht eine Nachricht hinterlassen?«

Ich langte in meine Jackentasche und reichte ihr einen Bleistift. Sie schaute mich einen Augenblick lang an, beugte sich dann über eine Cocktailserviette und schrieb: ›Liebe Schwester, ich konnte leider nicht länger auf Dich warten. Wir sehen uns heute abend.‹ Dann reichte sie die Serviette mit der Notiz dem Barkeeper. »Für meine Schwester«, sagte sie.

Der Barkeeper zuckte kaum merkbar mit den Lippen und faltete die Serviette zur Hälfte, klemmte sie dann unter eine Flasche mit Maraschino-Kirschen.

Alora nahm mich bei der Hand. Ich stieß die Schwingtür auf,

und wir gingen hinaus ins helle Sonnenlicht.

»Wir wär's mit meiner Wohnung?« schlug sie vor. »Mein Wagen.« Sie deutete auf einen zerbeulten Studebaker am Ende einer Seitenstraße. »Es ist nicht weit.«

Wir schlenderten auf die Seitenstraße zu, blieben wieder stehen. Alora stand dicht neben mir.

Auf halbem Weg schubste ich sie in einen Lieferanteneingang.

»He! Was machen Sie denn?«

Ich stieß die Tür auf und packte Alora, zerrte sie über einen dunklen Korridor. Dann drückte ich sie gegen eine Wand neben einem vergitterten Fenster.

»Okay, *hermana*, jetzt sagst du mir erst einmal, für wen du arbeitest. Wer hat dir den Auftrag dazu gegeben?«

»Ich weiß überhaupt nicht, wovon Sie reden.«

»Ach nein?« Ich drehte sie herum, hielt aber ihren Arm noch immer fest. Draußen, direkt vor ihrem Studebaker, parkte der grüne Chevelle. Die zwei großen Männer mit den bunten Hemden saßen auf dem breiten Vordersitz und beobachteten aufmerksam das Haus. Ich konnte jetzt das Kennzeichen erkennen: 328-KLR, Nevada.

»Wer sind die?« fragte ich und verdrehte ihren Arm, bis sie stöhnte.

»Ich weiß es nicht, verdammt!«

»Und das soll ich dir glauben?« Ich drehte noch etwas mehr. Wäre sie keine Frau gewesen, hätte ich ihr den Arm gebrochen. Diese Sauhunde da draußen wären auch nicht zimperlicher gewesen, wenn sie mich erwischt hätten. Die hätten mich bestimmt von der nächsten Eisenbahnbrücke geworfen...

»Ich weiß nicht, wer sie sind. Ich schwöre es. Sie sind nur...« In diesem Augenblick sah uns einer der beiden hinter dem Fenster stehen. Er gab seinem Partner einen Puff, und der legte den Rückwärtsgang ein und wendete, brauste dann los, daß man danach noch die Reifenspuren auf dem Lincoln Boulevard sehen konnte. »Sie... Sie haben mir — hundert Dollar gegeben, wenn ich dich aus dem Lokal rausführe und... Ich arbeite drüben bei Venus-Massagen... In Panorama City.«

Ich langte in ihre Tasche und fand zwei nagelneue Fünfzig-Dollar-Scheine. Alora zitterte am ganzen Leib. Vielleicht fürchtete sie, ich würde ihr das Geld abnehmen. Ich stopfte die Scheine in ihre Tasche und ging allein hinaus in die Sonne.«

4

Jemand hatte da offenbar seine Hausaufgaben gut gemacht. Es gab keine Venus-Massagen in Panorama City, und das Kennzeichen 328-KLR von Nevada war offenbar eine Geheimnummer.

Ich lag auf meinem Bett und las ›Reißt es ab!‹ Kapitel drei mit der Überschrift ›Schlafplätze‹. Es war ein ödes Werk, angefüllt mit den Klischees der mittleren und späten sechziger Jahre, gesetzt in einer archaisch anmutenden, psychedelischen Schrift. Eppis' Prosa klang wie die Sprache eines besonders schlechten Underground-Discjockeys. Ich fragte mich, wer 2.95 $ bezahlen würde, um lesen zu dürfen, daß dieser oder jener ›Trip‹ lohnend sei und daß glücklich einer entdeckt hatte, was ›groovy‹ und was ›in‹ bedeuteten. Vielleicht irgendein LSD-geschädigter Fünfzehnjähriger aus Des Moines oder eine frustrierte Hausfrau in Waco, Texas, die hoffte, damit einen Weg in die kühle, große Welt zu finden. Sicher, auch ich hatte es gekauft, aber nur, weil ich hoffte, darin eine Spur zu finden, einen Hinweis darauf, wo Eppis sich verstecken mochte, verraten von seiner eigenen Hand. Unglücklicherweise befand sich von den aufgeführten ›Schlafplätzen‹ nur einer in Südkalifornien, und das war der Los Angeles County-Strand, ein Versteck, das ungefähr dreißig Meilen lang war und zu öffentlich, als daß man dort ein Fotokopiergerät hätte aufbauen können. Ich blätterte weiter zum Kapitel ›Freie Nahrung‹, als mir ein Freund — oder besser ein Bekannter von Eppis einfiel: Earl Speidel, der Schallplattenproduzent. Vor drei oder vier Jahren, gleich nach der Chicago Convention und dem Höhepunkt von Howards Berühmtheit, hatte Earl eine Langspielplatte mit ihm und anderen Radikalen herausgebracht, unter dem Titel: ›Die anderer Meinung sind‹. Vor nicht allzulanger Zeit hatte ich die Platte auf einem Ramschstand in einem billigen Supermarkt gesehen, für neunundsiebzig Cent, direkt neben dem Stapel ›Gerry and The Pacemakers‹.

Ich langte nach dem Telefon, um Earl anzurufen, aber ehe ich die Auskunft wegen der Nummer von Grit Records wählen konnte, klingelte das Telefon. Es war jemand, der für Sebastian arbeitete. Der County-Koordinator wollte mich jetzt gleich sprechen.

Die Suche nach einem Parkplatz vor Hawthornes Hauptquartier war so gut wie aussichtslos. Sicher, noch waren zwei Wochen bis hin zur Wahl, aber die Wagen standen hier am Wilshire schon mehrere Blocks weit Stoßstange an Stoßstange. Vor dem Büro selbst herrschte aufgeregte Geschäftigkeit. Begeisterte College-Jungen rannten treppauf und treppab und schleppten Kartons mit Flugblättern und sonstigem Werbematerial in mehrere Dodge-Lastwagen, die in zweiter Spur parkten und den Verkehr auf dem Boulevard fast blockierten. Eine Mannschaft von Abbey Rents errichtete ein Gerüst am Gehsteig. Wahlhelfer schlenderten mit ihren Spruchtafeln die Straße auf und ab. Ich fuhr mit dem Lift nach oben in die Vorhalle. Der Raum war überfüllt mit Freiwilligen, die telefonierten, Adressen tippten, einander wütend zuriefen und mit den Armen fuchtelten. Ich ging zum Mann an der Empfangsloge, einem jungen Burschen in einem Universitäts-T-Shirt.

»Ich möchte Sam Sebastian sprechen. Ich bin Moses Wine.«

»Weshalb?« Der Bursche schaute mich skeptisch an und drückte damit aus, daß ich mir gefälligst eine gute Erklärung einfallen lassen sollte, wenn er mich zu jemand so Bedeutendem wie Sebastian vorließ.

»Ich bin sein Diätberater.«

»Aha, der Diätberater.« Er nickte und ließ ein gemeines Grinsen sehen. »Tut mir leid, Mann, aber Sam ist in einer Konferenz. Eine sehr wichtige Sache. Wollen Sie eine Nachricht hinterlassen?«

Ich wollte ihm lieber den Kopf in den Schlitz von einer der IBM-Maschinen stopfen, aber wir wurden geblendet, als ein Filmteam die Bogenlampen einschaltete, um Conrad Kimble, den augenblicklich berühmtesten Fernsehstar, zu filmen, wie er für Senator Hawthorne Briefumschläge leckte. Ein Mann von der Maske rannte auf ihn zu, eine Haarbürste in der Hand.

»Jetzt ist nicht der richtige Zeitpunkt, Mann«, erklärte der Bursche mit dem T-Shirt. »Der Parteiausschuß befaßt sich gerade mit den Verhältnissen in Colorado.«

»Und wenn er sich mit den Verhältnissen in Sibirien beschäftigt — ich muß zu ihm. Sebastian hat mich vorhin angerufen. Er will mich sprechen.« Ich langte nach meiner Brieftasche. »Schauen Sie. Auf diesem Zehner steht, daß Sie jetzt Sebastian über ihre Sprechanlage rufen und ihm sagen, sein Diätberater sei hier — und wenn ich nicht in zehn Sekunden bei ihm bin, gehört er Ihnen.«

»Okay«, sagte der Bursche. »Aber ich garantiere Ihnen, daß Sie verlieren und daß das Geld der Kampagne zugute kommt.«

Ein großzügiger Trottel. Auch das noch.

Er rief Sebastians Büro an. »Hier ist ein Kerl, der behauptet, er ist Sebastians Diätberater.«

»Auf was warten Sie noch? Schicken Sie ihn rein.«

Ich schaute dem Burschen am Empfang in die Augen. Er rührte sich nicht. Schließlich öffnete er die oberste Schublade und zog einen Zehner heraus. Ich nahm ihn, faltete ihn und steckte ihn ein.

»Wollen Sie ihn nicht als Spende für die Kampagne abgeben?«

»Nein.«

Als ich Sebastians Büro betrat, waren die meisten Lampen ausgeschaltet, und der County-Koordinator saß vornübergebeugt am Tisch. Er hatte Ringe unter den Augen und zeigte den Ausdruck eines Mannes, der eben einen heftigen Magenschwinger bekommen hat. Sugars stand in der Ecke und streichelte seinen Rechenschieber so liebevoll wie einen Scheck von der Sozialversicherung. Am Schreibtisch blinkten zwei Telefone, aber niemand kümmerte sich darum. Ich konnte nicht erraten, woher die depressive Stimmung stammen mochte. Nach der Umfrage des Harris-Instituts von heute morgen lag zum erstenmal Hawthorne vor Dillworthy, und zwar mit siebenunddreißig zu sechsunddreißig Prozent bei vierzehn Prozent für die anderen Kandidaten und dreizehn Prozent Unentschieden. Die Demokraten brauchten sicher keine große Angst vor den unentschiedenen Wählern zu haben. Meistens hatten sie sich zuletzt in ihrer Mehrheit für die Demokraten entschieden. Und bei all den Berühmtheiten hatten sie meines Erachtens den Sieg schon in der Tasche.

Sebastian sagte nichts, sondern saß nur in seinem Sessel, wand sich offenbar unter Schmerzen und schob mir ein Foto über den Schreibtisch. Ich nahm es und betrachtete es genau. Es war das Polizeifoto eines Körpers, dem die Glieder fehlten. Die Beine waren zu blutigen Stummeln gequetscht, und der rechte Arm fehlte. Eine Schulter war zertrümmert, und das Gesicht sah in die falsche Richtung. Die Schädeldecke war eingeschlagen, und die Gehirnmasse lief über die Schläfen. Der ganze Torso war völlig zerschunden; man konnte kaum sehen, daß es sich um den Körper einer Frau handelte. Ich fühlte, wie mir speiübel wurde.

Sebastian schob mir ein zweites Foto zu. Es zeigte einen demolierten Volkswagen, der mit den Rädern nach oben neben einem hohen Felsblock lag. Das eingedrückte Dach ruhte auf einer Felsspitze, und zwar ziemlich genau da, wo der Fahrer des Wagens gesessen haben mußte.

»Lila Shea«, murmelte ich kaum hörbar.

Sebastian nickte.

Wann ist es passiert?«

»Eine halbe Stunde, nachdem Sie hier weggefahren sind. Der Wagen ist von einer Klippe gestürzt, unterhalb von Cerro Gordo.«

»Dreckskerle.«

Der Manager der Kampagne langte nach einem Papierbecher und zerdrückte ihn. Von draußen hörte ich, wie der Regisseur des Fernsehteams herumbrüllte. Der Kameramann war noch nicht bereit, als der Star Conrad Kimble den Adressenaufkleber auf den Umschlag klebte. Ob er es noch einmal versuchen könne? Sugars setzte sich zu uns an den Tisch und steckte seinen Rechenschieber ins Lederfutteral. Die Fotos von Lila Shea lagen zwischen uns. Ich konzentrierte mich auf das gütige Gesicht von Miles Hawthorne, das an der gegenüberliegenden Wand angeheftet war.

»Und die Polizei?« fragte ich.

»Sie untersuchen die Sache. Eine halbleere Flasche mit einem starken Barbiturat befand sich in ihrem Handschuhfach.«

Er zögerte.

»Sonst noch was?«

»Nicht viel. Alles andere ist bei dem Aufprall kaputtgegangen, außer zwei Kartons mit Werbematerial und den Ausdrucken des Computers im Kofferraum.

»Scheiße«, sagte Sugars und schlug mit der Faust auf den Tisch, als sei das mit dem Werbematerial die größte Ungerechtigkeit von allem. »Es ist doch Mord, oder?«

»Wahrscheinlich.«

»Und wer hat es getan?«

Ich zuckte mit den Schultern, wollte ihnen vorläufig nichts von dem Nummernschild 328-KLR aus Nevada und meiner Begegnung mit Alora erzählen. Oder von dem verrückten Preis, den der Makler für das verfallene Haus in Venice verlangt hatte. Sugars zog wieder eine Zigarre aus der Westentasche und zündete sie an. Sie wirkte irgendwie angeberisch angesichts seines Babyspecks.

»Dann sollten Sie es herausfinden, und zwar schnell«, sagte er und deutete mit seiner Zigarre auf mich. »Denn sonst wird die Sache zu einer Katastrophe für uns.«

»Ja.«

«Diese Schweinehunde sind bereit, uns mit allen Mitteln zu bekämpfen.«

»Ja.« Ich beobachtete Sugars, wie er rauchte, und verabscheute ihn, weil er sich mehr Sorgen machte um seinen Kandidaten als um diese brutal ermordete Frau. Sebastian merkte es und warf dem jungen Mann einen tadelnden Blick zu.

»Warum hat man ausgerechnet Lila ausgesucht und zu mir geschickt?« fragte ich. »Sie hätten doch auch jeden anderen schikken — oder anrufen können.«

»Man hat sie nicht ausgesucht«, sagte Sebastian. »Sie ist selbst mit dem Vorschlag zu mir gekommen.« Ich wartete darauf, daß er weitersprach. »Sie war auch diejenige, die mir das Eppis-Flugblatt brachte.«

»Haben Sie es überprüft?«

»Natürlich.« Er war einen Augenblick aus dem Tritt gekommen. »Die Flugblätter kamen per Post. Heute morgen übrigens eine weitere Sendung, an Leute in Santa Monica.«

»Wer hat Ihnen vorgeschlagen, einen Privatdetektiv zu beauftragen?«

»Sie ... Und sie hat auch vorgeschlagen, Sie damit zu beauftragen.«

»Und dann habe ich Sie überprüft«, fiel Sugars ein. »Und zwar gründlich.«

»Warum haben Sie mir das nicht vorher gesagt?«

»Es schien uns nicht wichtig.«

»Aha.« Ich nahm eine Schrift vom Tisch. ›Demokratische Kandidaten für den Nationalkonvent der Partei — geprüfte Liste.‹ Delegierte und 103 Ersatzleute. Sie waren mit ihren Wohnorten aufgeführt. Ich erkannte die Namen einiger Unterhaltungskünstler und Politiker aus der zweiten Linie.

»Darf ich das behalten?«

»Sicher«, sagte Sebastian.

Ich stand auf, um zu gehen, steckte die Schrift in die Hüfttasche meiner Jeans und öffnete die Tür, ohne mich noch einmal nach den beiden umzudrehen.

»Kommen Sie mir nicht mit Ausreden«, brüllte ein junger Organisator in sein Telefon, als ich durch die Vorhalle ging. »Wir brauchen dieses Revier, und zwar dringend.« Dann knallte er den Hörer auf die Gabel.

5

Am nächsten Morgen hatte der Wind dichten Nebel vom Pazifik hereingeweht, die ganzen achtzehn Meilen bis zum Echo Park. Als ich hinausging, war die Windschutzscheibe des Buick ganz feucht. Ich wischte den Beschlag mit einem Lederlappen weg und ließ den Motor eine Weile im Leerlauf laufen. Der Auspuff keuchte wie ein alter Mann mit Katarrh. Die Parkleuchten funktionierten nicht, und der Vergaser gab seltsame Geräusche von sich. Ich überprüfte die Reifen. Sie waren so glatt wie ein mexikanischer Glatzenschädel. Ich hätte dringend etwas mit dem Wagen unternehmen sollen, ihn in eine Reparaturwerkstätte oder wenigstens zum Reifenwechseln bringen, aber statt dessen stieg ich ein und fuhr auf den Hollywood Freeway. Es war Samstag — mein Tag für die Kinder.

Der Nebel wurde von der Sonne geschluckt, als ich über den Cahuenga Pass fuhr und auf den Ventura Freeway überwechselte. In der Ferne sammelte sich dichter Smog um den Fuß der San Gabriel Mountains. Der Himmel sah dort aus wie verdampfte Pisse. Ich bog am Laurel Canyon Boulevard vom Freeway ab und fuhr nach einer Linkskurve den Berg hinauf und hinein in den Canyon. Bald wichen die Häuser der Valley-Siedlung zurück, und ich kletterte höher in die Santa Monica Mountains: dichtes Blattwerk umschloß hier die Straße. Ich nahm eine der gewundenen Seitenstraßen des Mulholland Boulevards, fuhr hinauf zu Suzannes Haus und parkte unter dem Jacarandabaum. Ihr Guru Madas saß in Meditationsstellung auf der Veranda; auf seinem nackten Oberkörper zeichneten sich die Muskelbänder eines Mannes in mittleren Jahren ab. Seine Trance konnte nicht sonderlich tief gewesen sein, denn ich sah, wie er mir mit den Blicken folgte, als ich an ihm vorbei ins Haus ging.

Jacob war im hinteren Teil des Gartens und goß die Blumen,

schüttelte dabei seine Schäferhundmähne wie Ringo Starr. Simon, sein einjähriger Bruder, beobachtete ihn voller Bewunderung von seinem Laufstall aus. Die beiden trugen gelbe T-Shirts, und Suzanne hatte ihnen ihre Sternzeichen auf die Hosenböden genäht. Simon war Zwilling und Jacob Skorpion wie ich.

Ich stand einen Augenblick lang da, und mir wurde bewußt, wie sehr ich mich freute, sie zu sehen. Dann schlich ich mich leise an, packte erst Simon, drückte ihn an mich und fühlte seine kleinen Rippen wie Hühnerknochen an meiner Brust. Als nächstes sprang mir Jacob in die Arme, umklammerte meinen Hals und schmierte mir Erdnußbutter in den Hemdkragen. Es ging ihnen gut. Ich sah Suzanne durch das Fenster. Sie buk einen Karottenkuchen und lächelte dazu.

»Mammy braucht Geld«, sagte Jacob.

»Wofür?«

»Für Benzin.«

»Vierundzwanzig Dollar«, rief Suzanne durch das Fenster.

»Ich dachte, das hätte ich bereits bezahlt«, sagte ich und ging auf sie zu.

»Du warst drei Monate im Rückstand.« Sie kam aus der Hintertür mit Jacobs Sandalen und neuen Windeln für Simon.

»Ich habe es nicht bei mir. Das, was ich habe, reicht gerade zum Essen für die Kinder. Warum bringst du ihn nicht dazu, daß er seinen Lebensunterhalt bezahlt? Er lebt schließlich hier.« Ich nickte in Richtung auf Madas.

»Ihm das zu sagen ist deine Sache. Außerdem fährt Madas nächste Woche mit mir nach Squaw Valley, um mich dem Swami Sri Prasanamurti vorzustellen. In der Zeit findet dort ein Treffen der ›Bewegung Menschliches Potential‹ statt.«

»Großartig.«

»Na, dann amüsier dich gut.« Sie reichte mir die Sandalen und die Windeln.

Ich wandte mich um und trug die Jungen nach vorn, vorbei an Madas, der in Lotusstellung dasaß, die Fingerspitzen an den Augenlidern, ein Bild menschlicher Unergründlichkeit.

»Na, haben Sie schon den Astralplaneten erreicht?« fragte ich ihn und setzte die Kinder auf den Rücksitz meines Wagens. Er antwortete nichts. Ich fuhr langsam los, achtete dabei sorgsam darauf, die Kotflügel des pulverblauen Jaguar XKE, der dem Guru gehörte, nicht zu zerkratzen. Im Rückspiegel sah ich, wie mich seine Heiligkeit betrachtete, mit Augen, scharf wie die eines Aasgeiers.

»Ich möchte drei Roastbeef-Sandwiches und vier Makronen«, sagte Jacob und hopste auf dem Sitz, während wir den Laurel Canyon Boulevard nach Hollywood hinunterfuhren und von da aus nach rechts in Richtung Fairfax. Die Gegend war bevölkert mit orthodoxen Juden in schwarzen Kaftans und Miami-Beach-Müttern in hochhackigen Spangenpumps an der Seite ihrer Hippie-Söhne.

»Wieso vier Makronen?« fragte ich.

»Weil ich vier bin.« Jacobs Logik war erschlagend.

Wir parkten vor Handleman's Bookstore. Jacob schaute in das Schaufenster, wo Bücher und alte Schriften lagen: der Talmud, der Midrasch, die neue Übersetzung von Rosenzweigs ›Stern der Befreiung‹. Der alte Handleman winkte uns zu, und ich hob Simon hoch, damit er ihn sehen konnte. Dann gingen wir die Straße entlang, vorbei an Kugelmans Bäckerei und dem Engros-Bonbonladen. Bei Canter nahm ich ein Ticket am Delikatessenbüfett, während Jacob sich die Nase plattdrückte an der Scheibe vor den Dill-Pickles und den gefüllten Blättern.

»Kaufen wir was für Tante Sonya«, sagte er.

Wir kauften drei Roastbeef-Sandwiches, zwei Pastramis, dazu Pickles und Kartoffelsalat, einige Makronen, drei Flaschen Dr. Browns Limonade und Halvah. Dann verließen wir das Geschäft und überquerten die Straße zum Fairfax-Center für Senioren.

In der großen Aufenthaltshalle roch es nach Lysol. Wir arbeiteten uns durch die Drehtür und bahnten uns einen Weg durch die Sonntagvormittagsmenge der Verwandten, die ihre hier lebenden Lieben besuchten. Auf der Bühne sang ein alter Mann in einer Samt-Yarmuka ›Oif'n Pripitchik‹ vor einer jiddischen Tanzkapelle. Tränen liefen ihm über das Gesicht, aber die Reihen von Backgammonspielern an den Bankettischen schienen ihn gar nicht zu bemerken. Wir fanden Sonya, in ein purpurnes Umschlagtuch gewickelt, an ihrem Lieblingsplatz, einem der hinteren Tische, sitzen, gegenüber ihrem alten Freund, Mr. Bittleman. Die beiden trugen wieder einmal eine Meinungsverschiedenheit aus.

»Mr. Seymour Bittleman — wenn ihr den Ausdruck entschuldigt — hat eben die Geschichte geradezu lächerlich falsch interpretiert«, sagte sie zu den beiden Jungen, als diese auf ihren

Schoß krabbelten. »Nach siebzig Jahren Kampf behauptet er nun, daß Kautzki recht hatte beim Zweiten Internationalen... *Weg is mir!* Ja, erinnern Sie sich nicht mehr, was Trotzki in seinem ›Brief an das Parteitreffen‹ schrieb? Daß die Kautzkische Linie zu nichts anderem als zum Revisionismus und bestenfalls zur Sozialdemokratie führt?«

»Der Rabbi von Kotzk hat gesagt: Alles in der Welt kann man imitieren, nur nicht die Wahrheit. Denn eine Wahrheit, die man imitiert, ist keine Wahrheit mehr.« Bittleman grinste und stocherte mit seiner Gabel in einer Ölsardine.

»Was, zum Teufel, soll das wieder heißen?« Sie zupfte an ihrem Tuch und schnitt ein Gesicht, das teils an Ethel Merman und teils an La Pasionaria erinnerte.

»Der Rabbi von Ger hat erklärt: Ich höre oft Menschen sagen, daß sie die Welt in die Luft sprengen wollen. Aber ich frage euch: Gehört euch denn die Welt, daß ihr sie in die Luft sprengen könnt, wann immer ihr wollt?«

»Sei ruhig, Bittleman. Ich will nicht, daß du die Geister dieser Kleinen mit deinem billigen religiösen Geschwafel verdirbst. Als nächstes legst du dir einen Gebetsschal um und zitierst Hillel.«

Sie wandte sich von ihm ab, und ich öffnete das Lunchpaket. Bittleman kicherte und steckte sich eine winzige Serviette in sein weißes Hemd, das bereits mit Fischöl befleckt war.

»Wir haben dir ein Pastrami-Sandwich mitgebracht, Tante Sonya«, sagte Jacob.

»Gutes Kindchen«, antwortete sie und nahm das Sandwich aus seiner Hand, aber ihre Stimme klang noch wütend. »Was gibt's Neues?« fragte sie dann und wandte sich damit an mich.

Ich berichtete ihr, daß ich Erkundigungen einzog für Senator Hawthornes Kampagne.

»Das soll was Neues sein?« sagte sie und schaute mich böse an, biß dann ein großes Stück von einer Dillgurke ab.

»Ach, komm schon, Sonya. Ein Mensch muß auch mal verdienen.«

»Schöne Arbeit!« Sie strich sich Senf auf das Pastramifleisch und schlang es dann in drei Bissen hinunter. »Ich hab' diese *koszers* gesehen. Lecken den alten Leuten *de tucharsche.* Hawthorne? Ein schöner Reformierer! Ein Nichts, ein *menschewik.* Und Dillworthy? Kommt vergangene Woche hierher und grinst wie ein Blöder. Fragt mich, wie es mir hier im Center gefällt.«

»Und was hast du ihm gesagt?«

»Die Wahrheit — daß es ein Drecksloch ist!« Ein jüngerer Mann mit glockenförmigen Hosenbeinen und einer Perücke ging auf die Bühne, um den Musikern die Hand zu schütteln, während sie ›Bei mir bist du scheen‹ intonierten. Sonya schaute ihn mit offensichtlicher Abneigung an und langte dann nach dem Kartoffelsalat. »Der *koszer* hat also den Nerv, mich zu fragen: Was ist denn so schlimm daran? Also sag' ich es ihm, daß sie hier die Leute wie kleine Kinder behandeln und das ganze Heim nur besteht, damit gewisse Leute ihren schnellen Profit machen. Also sagt er, meine liebe Lady, sagt er, wenn das so ist, dann werden wir es ändern müssen. Und ich sage: einen Dreck werdet ihr tun, denn schließlich gehört das Heim einem eurer größten Wohltäter.«

Bittleman konnte sich nicht helfen und begann zu lachen, wobei er seine Krawatte endgültig ins Fischöl tunkte.

»Und was hat er darauf gesagt?«

Aber ich wartete nicht auf eine Antwort. Ich sah etwas durch die vordere Glasfront, was mein Interesse in Beschlag nahm. Ein zerbeulter Studebaker parkte vor dem Senioren-Center. Ich erhob mich langsam und drückte mich in Richtung Herrentoilette davon, stieß die Tür auf. Ein Alter stand an der Rinne, um zu pinkeln. Ich ging an ihm vorbei und kletterte auf den Heizungsradiator. Der Mann schaute mich entsetzt an und wollte schreien, als ich ihn angrinste und mir den Finger auf die Lippen legte. Dann drehte ich mich um, schob das Fenster hoch und kletterte hinaus auf den Beverly Boulevard. Ich befand mich auf dem Parkplatz eines Kettenrestaurants. Vorsichtig überquerte ich ihn und ging auf die Fairfax Avenue zu. Ich bewegte mich unter den vielen Leuten, die hier einkauften, und näherte mich von hinten dem Studebaker. Alora war diesmal freilich nicht da; an ihrer Stelle saß ein mexikanisch aussehender Mann in einer Freizeitjacke auf dem Vordersitz. Er hatte sich einen Feldstecher um den Hals gehängt und starrte damit direkt auf die Vorderfront des Senioren-Centers. Und er war so in die Betrachtung versunken, daß ich mich ohne weiteres anschleichen konnte. Als ich neben dem Studebaker stand, riß ich die Tür auf der Beifahrerseite auf und setzte mich einfach neben meinen Beobachter.

»Suchen Sie wen?« Ehe er antworten konnte, hatte ich den Schlüssel aus dem Zündschloß gerissen. »Ihr gebt nicht so leicht auf, wie? Vielleicht sollte ich euch eine Kopie meines Tagesplans geben. Das würde euch eine Menge Zeit und Mühe sparen.«

Der Chicano wandte sich mir zu und starrte mich kalt an. »Steigen Sie freiwillig aus meinem Wagen, oder muß ich die Polizei rufen?«

»Rufen Sie die Polizei«, sagte ich.

Dann langte ich hinauf zur Sonnenblende und nahm die Zulassung herunter. Der Wagen war auf den Namen Alora Vazquez, Evergreen Way 3201 1/4, East Los Angeles, zugelassen. Der Kerl riß mir die Karte aus den Fingern und stopfte sie in seine Hemdtasche.

»Wenn man solche schmutzige Arbeit tut, läßt man so was nicht offen herumliegen«, sagte ich.

»Machen Sie, daß Sie rauskommen.«

»Das klingt nicht nach einem Profi... Für wen arbeiten Sie?«

»Für niemanden.«

»Und was ist mit Ihren Freunden aus Las Vegas?«

»Ich sagte doch, ich arbeite für niemanden. Und jetzt raus mit Ihnen.«

Ich rührte mich nicht.

Er fuhr mit der Hand in seine Freizeitjacke und zog ein Messer heraus. Der Ledergriff war abgewetzt, aber die Klinge schien scharf genug zum Diamantenschneiden.

»Kapiert.« Ich drückte auf den Griff, hielt aber inne, als die Tür halb offenstand. »Sagen Sie — Sie haben eine gewisse Ähnlichkeit mit Alora Vazquez — sind Sie ein Bruder von ihr oder so was?«

Er war blitzschnell mit der Klinge an meiner Jeans und schnitt einen hübschen Halbmond in den dicken Drillichstoff. Ich nickte ihm zu und stieg aus.

»Wenn ich Ihnen damit helfe«, sagte ich, »mein nächstes Ziel ist das Aufnahmestudio der Schallplattenfirma Grit Records in Westwood. Sie können gegenüber auf der Straße parken, aber versuchen Sie nicht hineinzugelangen. An so anständigen Orten sind Hosenpisser wie Sie unerwünscht.«

Ich warf ihm die Schlüssel auf den Sitz und ging zurück zum Center.

Drinnen hatte Sonya ihren Streit mit Bittleman wieder fortgesetzt. Simon schmierte den Kartoffelsalat aus ihrem Teller in eine zerlesene Ausgabe von Welikowskys ›Welt in Kollision‹.

»Uspenski — Schmuspenski«, sagte sie gerade. »Ich gebe keinen Pfifferling für deine schwachsinnige Metaphysik. Soll ich dich an das erinnern, was Bakunin über die Ignoranz theologischer Konzepte sagte?«

»Was ist theotischige Konpepke?« fragte Jacob.

»Das ist was für Nichtsnutze«, antwortete Sonya und streichelte ihm über den Kopf, während ich Simon den Kartoffelsalat wegnahm.

»Ich bin in ein paar Stunden zurück und hole die Kinder ab«, sagte ich und wandte mich zur Tür. »Und erinnert euch an das, was Mary über Feuerbach sagte, in der ›Kritik der Hegelschen Philosophie‹.«

»Was war das?«

»Philosophie ist nichts als Religion, in Gedanken übertragen, und daher ebenso verdammenswert als weitere Entfremdung von der Wirklichkeit und Essenz des Menschen.«

»Das ist sehr richtig!« sagte Sonya.

6

»Howard Eppis.« Earl Speidel murmelte die Worte, die Füße auf dem 12-Kanal-Regiepult und eine Rolle weißes Vorlaufband im Mund. »Du kommst immer mit den ganz großen Sachen.«

»Wer außer dir kennt alle Superstars, Earl?«

Die Band wärmte sich auf, und ich konnte seine Antwort nicht ganz verstehen. Aber es klang so ähnlich wie ›Leck mich!‹ Unterhalb der riesigen Altec-A-Siebener stand R. T. Higgins, der König des Texas-Blues, und stimmte seine Gitarre gegenüber einer Bläsergruppe von weißen Langhaarigen. Der Lead-Trompeter lehnte an der Wand und schnupfte Kokain von einer Onyxplatte für zwei Nasenlöcher.

»Wer sucht ihn denn?« fragte Earl und trat vom Mischpult zur Dolby-Anlage hinüber. »Das FBI oder seine Mutter?«

Ich hob protestierend die Hand.

»Ach, hätt' ich fast vergessen. Psychiater und Privatdetektive sprechen nur bei Cocktailparties über ihre Klienten.«

»Wann hast du ihn zuletzt gesehen, Earl?«

»Vor drei Jahren. Als wir die Schallplatte machten. Was für

ein depressiver Kerl — zum Kotzen.«

»Depressiv?«

»Eppis war einer von den Radikalen, die glaubten, die Revolution würde am ersten März neunzehnhundertneunundsechzig ausgekämpft und gewonnen. Als sein Zeitplan sich als nicht realistisch erwies, hat er einfach durchgedreht. Kein Wunder, daß sie ihn sitzengelassen hat.«

»Wer?«

»Wie hieß sie noch? Ein tolles Mädchen. Wirklich schlau. Die kannte das ganze Charlie-Parker-Solo in ›Confirmation‹. Sie hat ihn wegen diesem Wahnsinnigen, dem Procari, sitzengelassen. Kann man ihr das zum Vorwurf machen?«

Earl gab dem Toningenieur ein Zeichen, und der betätigte die Schalter. »Band läuft.« Die Band begann mit einem Blues im Elmore-James-Stil; R. T. Higgins lehnte mit einer Flasche Kentucky-Bourbon am Verstärker. Ein halbes Dutzend Anhänger saßen im Kontrollraum und vertrieben sich die Zeit, indem sie Joints rauchten und Glückskekse mampften. Ich nahm mir einen von den Keksen. Auf dem Zettel, den ich herauszog, stand: ›Hilfe! Hilfe! Ich werde von Grit Records festgehalten!‹

Als das Lied vorbei war, gratulierte Earl den Musikern und sagte ihnen, daß die Aufnahmesitzung für heute vorüber sei. Ich wartete, bis sie gegangen waren.

»Wer war das Mädchen, Earl?«

»Ich hab's vergessen... Hab's einfach vergessen... Ich hab' ein schreckliches Namensgedächtnis. Bin den ganzen Weg bis London geflogen, um den Lead-Sänger der Pink Floyd aufzunehmen, und als ich dort war, wußte ich nicht mehr, wie er heißt.«

»Was war mit diesem Procari?«

»Der reiche Junge, dem dieses Studio gehört — oder besser, gehörte, bis es ihm sein alter Herr weggenommen hat. Oscar Procari junior, der Tunichtgut-Sohn des Finanziers Oscar Procari senior. Ist von so gut wie jeder Schule im Osten geflogen und hat fünf Geschäfte ruiniert, ehe er hier gelandet ist. Er hätte mir leid getan, wenn er nicht ein so widerlicher Kerl gewesen wäre und immer mit seinem großen, reichen, mächtigen Vater angegeben hätte.«

Der Toningenieur versperrte die Bandaufnahmen des Tages in einem Metallschrank und sagte gute Nacht. Ich drehte mir meinen letzten Joint und ging hinüber zu Earl.

»Was hatte denn Eppis damit zu tun?«

»Schau«, sagte Earl, ging quer durch das Studio bis zur Echokammer und vorbei an einem Raum, der mit allerlei Ausrüstungen vollgestellt war, blieb schließlich vor einem Spiegel mit Art-Deco-Rahmen stehen. Er drückte auf den Rahmen; der Spiegel öffnete sich und gab einen versteckten Durchgang frei. »Als Procari zum erstenmal hier auftauchte, wollte er Schallplattenproduzent werden, aber er konnte ein mittleres C nicht vom Mann im Mond unterscheiden. Um es dennoch nicht mit den Musikern zu verderben, startete er großartige Orgien und lieferte ihnen Stoff in Mengen.« Earl betrat den Durchgang, und ich folgte ihm. Es war dunkel, und ich konnte nicht viel sehen in dem schwachen Licht, das aus dem Aufnahmestudio herüberfiel. »Die Orgien wurden immer wilder. Und so führte eines zum anderen. Procari hätte das Verrückteste getan, nur um auf sich aufmerksam zu machen.«

Wir kamen in einen kleinen Raum, und Earl schaltete eine Wandbeleuchtung an. Sie illuminierte einen Schrein von äußerstem Eklektizismus: Gemälde von Christus, Merlin, Buddha, Konfuzius und Satan hingen über einem Altar unter einem erschreckend aussehenden Paar mit Dornen gespickter mittelalterlicher Handfesseln und einem Morgenstern. Ein Triptychon in der Tradition von Hieronymus Bosch schmückte die gegenüberliegende Wand unter einem Kelch und ein paar vertrockneten Löwenzahnblüten. Den Boden bedeckten Strohmatten, die schwarz und purpurn bemalt waren, mit einer blutigen Hand im Mittelpunkt.

»Dir Kirche der fünf Gottheiten. Procari hat sie ›gestiftet‹ — nach seiner eigenen Version des Höllenfeuer-Klubs und einiger Teufelskultideen aus San Francisco. Er war eine Weile sehr erfolgreich. Besaß jenes verrückte, magnetische Charisma, mit dem er Leute dazu brachte, daß sie ihm fast alles glaubten.«

»Sogar Eppis?«

»Ich weiß nicht. Damals haben wir ziemlich viel Arbeit gehabt. Und außerdem war im Studio einiges los. Militante politische Aufständische. Schwarze. Leute von der braunen Power-Bewegung. Die Vietnamkriegsgegner. Eppis kam da gar nicht mehr mit. Er war depressiv. Immer, wenn er eine Chance hatte, nahm er hier Zuflucht.«

»Hast du Eppis noch mal gesehen nach den Aufnahmen?«

Wir gingen wieder zurück ins Studio.

»Nee. Nie wieder was von ihm gehört. Und er ist auch nie hergekommen und hat seine Honorare verlangt. Na ja, diese politischen Platten sind ja auch beschissen verkauft worden.«

»Was geschah mit Procari?«

»Der ist von seiner eigenen Kirche exkommuniziert worden. Procari senior kam dahinter und zeigte sich ziemlich angewidert. Ich nahm an, er fürchtete vor allem den Skandal, der sein eigenes Geschäft ruinieren könnte. Also hat er sich von seinem Sohn getrennt, hat ihn völlig enterbt und das Haus an ein Firmenkonglomerat aus dem Mittelwesten verkauft, ohne mich auch nur telefonisch darüber zu informieren. Eines Abends, drüben fand gerade eine Auspeitschungszeremonie statt, kamen ein paar Anwälte mit einem Gerichtsbeschluß. Procari junior brach vor der versammelten Gesellschaft zusammen.«

»Und was hat er danach getan?«

»Er hat Selbstmord begangen. Man fand seinen Maserati vor zwei Jahren im Frühling, im Wasser treibend, bei der Halbinsel Palos Verdes. Er muß über eine Klippe ins Meer gefahren sein.«

»Ende für Oscar Procari junior.«

»Ja... Aber einige seiner Anhänger glauben, daß er noch am Leben ist. Nun ja, diese Stadt ist eben voll von Geisteskranken und anderen Irren.«

Er blieb am Ende des Korridors stehen und schaute mich an. Wir standen schweigend voreinander da. Dabei kam mir ein Gedanke, der mir gar nicht gefiel, weil er mir ein ähnliches Gefühl wie tags zuvor vermittelte.

»Eppis' Freundin«, fing ich noch einmal an. »War das eine Blondine?«

»Ja.«

»Mit einem Grübchen am Kinn?«

»Mhm.«

»Lila.«

»Das ist sie! Kennst du sie?« Seine Stimme klang aufgeregt. »Sie kann dir sagen, wo Eppis ist.«

»Sie ist tot.«

Das Lächeln verschwand von Earls Lippen. Er starrte auf den Boden.

»Ein brillantes Mädchen«, sagte er. »Was für eine Schande.

Was für eine gottverdammte Schande. Sie kannte den ganzen Charlie Parker auswendig. ›Confirmation‹. ›Groovin High‹. ›Night in Tunisia‹. Das ganze Werk.«

»Ich weiß.«

Earl drückte auf den Spiegel, und wir kamen zurück ins Studio. Alle Lichter waren ausgeschaltet bis auf ein paar Pilotlämpchen unterhalb der Tonbandmaschinen und das rote ›Ausgang‹-Schild. Durch ein Fenster des Aufnahmeraums sah die Regiekabine aus wie der Maschinenraum eines Raumschiffes oder die Kanzel eines großen Düsenflugzeugs. *Mission control,* Houston. Sechsunddreißig Stunden und elf Minuten bis zur Zündung. Earl nahm einen beeindruckenden Schlüsselbund aus einer der Schubladen und ließ mich hinaus. Der Smog vom Mittag hatte sich lachsrot gefärbt. Draußen dämmerte es schon.

7

An diesem Abend verfolgte ich die erste Fernsehdebatte zwischen Dillworthy und Hawthorne, während mein Sohn versuchte, mein ›Spuren‹-Spiel mit einem Brieföffner aus Plastik zu ruinieren. Ich nahm ihm den Brieföffner rasch weg, aber während ich ihm den Rücken zudrehte, goß Simon einen Becher Babynahrung in das Fach mit den Spielmünzen. Typisch die nächste Generation! Kein Respekt vor Colonel Mustard oder Mrs. Peacock, geschweige vor der spröden Miss Scarlet. Aber meine Sprößlinge bewiesen dann doch einen erstaunlichen Verstand. Sobald Dillworthy den Mund geöffnet hatte, fielen beide auf dem Sofa in tiefen Schlaf. Sie hatten nicht einmal mehr die Energie, mich zu bitten, auf einen anderen Kanal umzuschalten.

Ich beobachtete die beiden Männer sehr sorgfältig. Hawthorne sah aus wie ein Transzendentalist aus New England, der sich bei seiner Suche nach dem zwanzigsten Jahrhundert verlaufen hat. Sein Teint war kränklich-gelb, und seine Unterlippe zeigte eine seltsame, selbstgerecht wirkende Außenwölbung. Der Mann hatte etwas von einem schwerfälligen Pedanten, aber ich mußte zugeben, daß er zugleich auch irgendwie natürlich und echt wirkte. Anständig und ehrlich. Zuerst wollte ich es nicht wahrhaben. Es war für mich ein zu großer Schock, diesen

Wesenszug ausgerechnet bei einem Politiker zu entdecken — einer Abweichung der Spezies Mensch, die viel zu extrem war, als daß man ihr trauen konnte; so, wie wenn man einen Buchmacher mit sozialem Gewissen trifft. Aber es war dennoch deutlich vorhanden.

Dillworthy war da schon ganz anders. Sein Gesicht war mit Lagen von Schminke überdeckt, sein Haar lackiert und jeder Pickel retuschiert. Er muß mehr Zeit im Sessel des Schminkmeisters verbracht haben als Gloria Swanson vor ihrem berühmten letzten Auftritt auf der Treppe. Er sah aus wie ein Innendekorateur einer Kleinstadt im Mittelwesten, dem die Kunden allmählich davonliefen. Er wollte so dringend siegen, daß er sich stets am Rande eines Tränenausbruchs befand, als würde ein emotionaler Zusammenbruch vor Millionen Zuschauern diese davon überzeugen, daß es besser sei, ihn zu wählen, wenn nicht aus anderen, so doch aus Mitleidsgründen. Laßt es nicht soweit kommen, daß ich in Tränen ausbrechen muß, Leute. Ladet euch nicht meinen Zusammenbruch auf die Schultern... Und wenn er schon nicht jammerte, dann schlug er in selbstgerechter Indignation mit Dreschflegeln um sich und warf Hawthorne alles vor, was er sich in seinem Kleinstadtgehirn an Verfehlungen ausdenken konnte. Er hätte ihn der Päderastie auf der Ehrentribühne des Dodger-Stadions verdächtigt, wenn er nicht die Folgen gefürchtet hätte.

Aber ich fragte mich, ob man ihm einen Akt der noch tieferen Verzweiflung zutrauen konnte — ob er, wie ein Rotarier, Richard III. oder ein Kiwanis-Club-Macbeth, auf dem Weg zum Thron eine grausige Blutspur hinter sich ließ.

Ich zweifelte stark daran. Was ihm fehlte, war die Kombination aus Determination und Wahnsinn, die für solche Taten unumgänglich nötig ist. Er war ein trauriger Mann, wenn man es genau bedachte, einer, der sich an einen Strohhalm klammerte. Nein, derjenige, den ich suchte, brauchte nicht so offensichtlich mit der Kampagne in Zusammenhang zu stehen.

Ich wandte mich einen Augenblick lang vom Fernseher ab und langte nach der Schrift mit der Liste der Delegierten. Sie lag auf der Couch unter Jacob, und ich mußte ihn ein Stück zur Seite drehen, um sie unter ihm herausziehen zu können. Das Heft war inzwischen zerknittert, und die vordere Seite war zerrissen. Ich blätterte es durch, bis ich die Liste der Delegierten für Gouverneur Dillworthy gefunden hatte. 238 Namen, und danach noch die Ersatzleute. Eine lange Liste von Verdächtigen und Komplizen. Die Adressen stammten aus fast allen Gegenden des Staates Kalifornien: Marysville, Sacramento, Pentaluma, Oakland, San Bernardino, Bakersfiel, Stockton, Beverly Hills, Pasadena, San Pedro. Und dazu kamen noch die Delegierten und deren Stellvertreter aus neunundvierzig anderen Staaten. Auch sie zählten zu den Verdächtigen. Das Ziel der Gegenaktion war es natürlich, Kalifornien zu gewinnen, doch das bedeutete noch nicht, daß das Gehirn im Hintergrund aus Kalifornien stammen mußte. Es konnte ebensogut aus Illinois, Ohio oder Nevada sein.

Ich legte die Broschüre auf den Kaffeetisch und wandte mich wieder der Debatte zu. Ich brauchte einfach mehr Informationen, ehe ich mit den Namen auf der Liste etwas anfangen konnte. Und die Liste enthielt noch nicht einmal die finanziellen Förderer, von denen jeder genügend Motive hatte, seine Mutter mit einer Elefantenflinte abzuknallen oder Lila Shea über eine Klippe zu schicken, nachdem man ihr ein paar Rote ins Handschuhfach gestopft hatte.

Ich schaute mir diesen Hawthorne noch genauer an. Er unterschied sich eigentlich nicht sehr wesentlich von Dillworthy. Auch er wollte gewinnen. Wollte sich in die Seele Amerikas schleichen, die Hand auf dem Herzen, aber die Augen auf McLuhan gerichtet. Ich favorisierte ihn, sogar sehr stark, aber ich war nicht sicher, ob mir wohl dabei war. Sobald man erst einmal damit begann, einem Politiker zu vertrauen, machte man sich zum Narren. Man konnte davon ausgehen, daß er einen um der nächsten Stimme willen schon hinterging. Und das stand fest. Er wäre gar nicht an diese Stelle gekommen ohne diese Qualifikation. Politiker waren wie Schauspieler; sie brauchten die Bestätigung von außen. Nur daß Schauspieler manchmal durch die Reaktion der Umwelt besser werden; Politiker werden davon in der Regel nur noch schlechter.

Ein Trio von CBS-Redakteuren dankte den Kandidaten und wünschte der Nation eine gute Nacht. Jacob schnarchte durch seine verstopfte Nase wie ein Rhinozeros mit Bronchitis. Er hatte offenbar etwas erwischt, und sein kleiner Bruder würde bald nachziehen. Also wickelte ich ihn in einen Afghan mit dem Porträt Trotzkis, den Tante Sonya geknüpft hatte, und nahm ihn auf den Arm. Er wurde allmählich ganz schön schwer. Dann setzte ich Simon auf meine Schulter, und wir gingen hinaus.

Die Nacht war kalt und feucht. Der Abendnebel war vom Pazifik hereingekommen, und ich bemerkte den Streifenwagen, der meine Auffahrt blockierte, erst dann, als ich schon fast bei meinem Buick stand. Ein Kriminalbeamter in Zivil und ein Fahrer saßen vorn. Der Zivilbeamte lehnte sich aus dem Fenster. Er rauchte eine Zigarre und trug einen braunen Anzug mit schmalen Revers, wie man sie 1958 hatte. Den zerbeulten Panamahut auf seinem Kopf hätte ich allerdings in jeder Menschenmenge auf den ersten Blick erkannt.

»Sind Sie das, Koontz?«

»Klar, Wine. Was machen Sie hier? Die letzte Maschine nach Peking ist vor einer Stunde gestartet.«

»Sehr komisch, Koontz. Aber dies hier ist zufällig mein Haus. Und wenn Sie so freundlich wären und Ihren Arsch von meiner Auffahrt nehmen könnten...« Ich ging an ihm vorbei und öffnete die Tür meines Wagens.

»Ich tue nur meine Pflicht, Wine. Ich schütze die Steuerzahler. Sie zahlen doch auch Steuern, oder?«

»Zweimal täglich, samt einer Spende für die Pensionskasse der Polizeibeamten.«

»Sie haben anscheinend Sinn für Humor, Sie Schnüffler.« Er schaltete seine Taschenlampe an und leuchtete mir damit in die Augen, ließ den Schein dann über die Fassade meines Hauses wandern. Jacob zuckte zusammen und begann zu husten.

»Ich hab' ein krankes Kind, Koontz«, sagte ich und setzte die beiden Jungen vorsichtig auf den Rücksitz. »Sie wollen doch nicht auch noch eine Lungenentzündung auf dem Gewissen haben, oder?«

Er beobachtete mich einen Augenblick. »Vor ein paar Tagen hat es hier in der Nähe einen Unfall gegeben«, sagte er.

Ich blieb stumm.

»Ein Wagen, der von der Klippe gefallen ist. Es sah aus wie ein Unfall, aber jemand hat uns den Tip gegeben, daß da vielleicht noch was anderes im Spiel ist... Sie wissen doch, wovon ich rede, oder?«

Er richtete wieder den Strahl seiner Taschenlampe auf meine Augen. Ich gönnte ihm nicht die Genugtuung, sehen zu dürfen, wie ich mich abwendete.

»Nein, natürlich wissen Sie nicht, wovon ich rede. Sie wollen aber auch nicht, daß man Ihnen Ihre kostbare kleine Detektivkonzession abknöpft, oder?«

»Kein Gedanke.«

Er zielte mit seiner Taschenlampe auf den Rücksitz meines Wagens. Ich hörte, wie aus dem Lautsprecher seiner Funkanlage Nachrichten durchgegeben wurden. Ein paar Nutten waren vor dem Hotel Cortes aufgegriffen worden. Danach verging eine volle Minute, ehe Koontz wieder zu sprechen begann.

»Ihr linker Blinker ist defekt, Sie Zeus Weinstein. Lassen Sie den rasch reparieren, sonst gibt's einen Strafzettel.« Dann tippte er dem Fahrer auf die Schulter, und sie fuhren ab.

Ich wartete noch ein paar Sekunden, ehe ich ihnen den Hügel hinunter folgte. Wie ich Koontz kannte, parkte er jetzt sicher in irgendeiner dunklen Einfahrt oder Sackgasse auf einer 20- oder 30-Meilen-Strecke, um mich wegen Geschwindigkeitsüberschreitung anzeigen zu können, daher fuhr ich die längere Strecke durch die gewundenen Straßen auf der anderen Seite des Elysian Parks. Ein schönes Gefühl, als ich die Schnellstraße erreicht hatte und mich außerhalb seines Amtsbereichs befand.

Oben im Laurel Canyon saß Suzanne auf dem Boden des Wohnzimmers und sang mit Madas ein Mantra. Beide hatten fast durchsichtige weiße Hemden an. Ich konnte Suzannes Brüste durch die dünne indische Baumwolle sehen.

8

Am nächsten Morgen verschlief ich den Wecker. Er war für halb acht gestellt gewesen, aber als ich mich mühsam aus dem Bett hievte, war es schon nach neun. Wenn ich geträumt hatte, so konnte ich mich jedenfalls nicht daran erinnern. Ohne auch nur eine Tasse Kaffee getrunken zu haben, setzte ich mich in meinen Wagen und fuhr nach East Los Angeles auf der Suche nach Alora Vazquez.

Der Evergreen Way war eine von jenen schmalen Straßen hinter der Brooklyn Avenue, die mehr an Dorfstraßen als an Nebenstraßen einer Großstadt erinnern. Ein Großteil von East Los Angeles sah so aus: Hühner, die frei auf den Gäßchen herumliefen, Mais, der überlebensgroß in den Vorgärten der meist etwas verwilderten Holzhäuser wucherte. Man hätte denken können, man sei irgendwo in Mexiko, bis man dann oben auf dem Hügel ankam und auf das Civic Center hinunterstarrte, auf die Schnellstraßen zwischen den hohen Geschäftshäusern, die wie Zementbrezeln die sterilen gläsernen Monolithen umschlangen.

An der Ecke Evergreen Way und Soto stand eine heruntergekommene Synagoge, ein übriggebliebener Beleg für die früheren Bewohner dieser Gegend. Ich parkte an der Seite der Synagoge, wo man durch eine dicke, weiße Farbschicht noch ein an die Wand geschmiertes Hakenkreuz erkennen konnte. Ein orangefarbener Lastwagen mit der Aufschrift DOMESTIC SERVICES INC. fuhr an mir vorbei, brachte vermutlich die Tagesmädchen nach Beverly Hills. Ich stieg aus meinem Wagen und ging den Evergreen Way entlang bis zur Nummer 3201 1/4. Es war ein kleiner Hof mit einzelnen, stuckverzierten Bungalows, die sich um ein paar Bananenbäume scharten, aber die Blätter waren welk, und die Bäume schienen ihrem Ende nahe. Mehr als die Hälfte der Apartment-Bungalows stand leer oder war unbewohnt. Ich ging herum auf die Rückseite.

3201 1/4 war der kleinste und verkommenste Bungalow von allen. Ich wollte gerade anklopfen, als ich Alora durch das Fenster sah, wie sie sich gerade ein weißes T-Shirt überstreifte. Sie ging danach zum Spiegel und bürstete sich das Haar, band es schließlich in einem einfachen Knoten nach hinten. Dann legte sie ein leichtes Make-up auf. Nicht, daß sie es nötig gehabt hätte, aber es schadete nichts. Sie hätte auch gut ausgesehen mit einem Zwiebelsack um den Leib und einer Kapuze auf dem Kopf. Ihre hohen Backenknochen waren stark ausgeprägt und wirkten irgendwie orientalisch, wie bei den Indianerprinzessinnen auf den vergilbten Daguerreotypien aus dem Südwesten. Und so, wie sich ihr voller Hintern in den weißen Leinenhosen abzeichnete, hätte ihn selbst der Große Quetzalcoatl nicht besser entwerfen können.

Sie betrachtete sich noch einmal im Spiegel und ging dann in den Nebenraum. Ich hörte, wie sie am Telefon eine Nummer wählte. Dann sah ich mich in dem Zimmer um. An der Wand neben dem Fenster hing eine gerahmte Fotografie. Sie zeigte eine jüngere Alora mit einem Jungen, der ihr Bruder hätte sein können, und einem Mann, der ihr Vater sein mußte, einen ältlichen *campesino* mit einem jener guten, wettergegerbten mexikanischen Gesichter, die davon sprachen, daß man in einem Jahr auf dem Feld mehr lernen konnte als in zehn Jahren in einer Bibliothek. Aber seine Tochter schien auch zu lesen. Gegenüber stand ein ganzer Stapel von Taschenbüchern in einer Nische; die Titel konnte ich von meinem Platz vor dem Fenster aus nicht entziffern.

Es kam mir merkwürdig vor, daß ein solches Mädchen in einer solchen schlimmen Bude hauste. Die Farbe der Wände blätterte ab, und die Teppiche waren fadenscheinig. Wenn die Miete mehr als fünfunddreißig im Mont kostete, war das Straßenräuberei. Die Ganoven aus Nevada schienen sie nicht sonderlich gut zu behandeln. Sie hätten ihr wenigstens ein Zimmer in einem billigen Motel besorgen können. Dann hätte sie zumindest ein kostenloses Schuhputztuch und einen Fernseher für einen Quarter pro Stunde gehabt.

Das Telefon klickte, als der Hörer aufgelegt wurde, und gleich danach kam sie wieder herüber und warf sich eine Jeans-Jacke um die Schultern. Ich duckte mich hinter die Bananenbäume. Es war besser, ihr nicht gleich entgegenzutreten, sondern ihr nachzufahren, wohin sie mich auch führte.

Sie stieg in ihren Studebaker und fuhr den Evergreen Way hinunter, vorbei an der Kreuzung Soto Street und weiter in Richtung Osten. Es war schwer zu sagen, ob sie mich bemerkt hatte oder nicht. Ich versuchte zwar, ein paar Blocks hinter ihr zu bleiben, und gab nur Gas, wenn sie einen Berg hinauffuhr, damit ich sie nicht hinter der Hügelkuppe aus den Augen verlor, aber der Verkehr war spärlich, und oft waren wir die beiden einzigen Wagen weit und breit. An der Ecke Evergreen und Lorena blieb sie stehen, um auf das Grünlicht zu warten. Ob ich wollte oder nicht, ich mußte hinter ihr halten. Ich klappte zuvor meine Sonnenblende herunter, um wenigstens mein Gesicht verstecken zu können, und starrte auf das Gaspedal, während ich darauf wartete, daß sie losfuhr. Sie bog in die Lorena ein und überquerte die Brooklyn, fuhr weiter bis zur Vierten und bog neben einem katholischen Friedhof wieder ab. Ich war jetzt auf einer Hügelkuppe und verzögerte meine Fahrt, ließ ihr ein wenig Vorsprung. Aber unten am Fuß des Hügels angekommen, bog sie in den Parkplatz des El Mercado, einem großen mexikanischen Supermarkt, ein, der das ganze Gelände zwischen der Lorena und der Chicago Street beherrschte.

Es war schon mitten am Vormittag, und im Supermarkt herrschte ein Leben wie in Monterey an einem Samstagabend, während ich auf dem Parkplatz herumkurvte und eine freie Lücke suchte. Sie war nicht leicht zu finden, und als ich neben einem Ford Kombi parkte, war Alora längst verschwunden. Vom Balkon über mir hörte ich das Zirpen von *mariachis.* Ich ging rasch über den Parkplatz zur Treppe und hinauf, in der Annahme, daß sie ebenfalls hinaufgegangen war auf den Balkon. Oben herrschte dichtes Gedränge. Die Tische waren alle besetzt mit mexikanischen Familien, die *gorditas* und fette grüne Paprika-*burritos* aßen. Kinder hüpften auf der Tanzfläche herum und zeigten eine Babyversion von La Bamba. Hartgesotten aussehende junge *machos* standen neben dem Podium, die Flasche mit Dos X in den Händen, mit Jeans und hautengen T-Shirts, die die Porträts von Zapata und Juarez zeigten. Die Mädchen kreisten um sie in einem endlosen *paseo* von ausgebleichten Capriho-sen und Nylonkorsagen, die vorne tief ausgeschnitten waren, was jede *duena* in ihrer alten Heimat zur Verzweiflung getrieben hätte. Aber dies war nicht die alte Heimat. El Mercado mit der Neonreklame für Pepsi und den bereits in dritter Generation hier Anwesenden, den psychedelischen Läden mit Marihuanazubehör, den Obstgeschäften und Chili-Händlern war teils modernes Los Angeles, teils überdrehtes Mexiko, aber durch und durch Chicano.

Ich machte meinen eigenen *paseo* auf dem Balkon und blieb immer wieder stehen, um in jeden der kleinen Läden einen Blick zu werfen. Ich dachte schon, ich hätte Alora gesehen, wie sie durch eine Tür mit einem Glasperlenvorhang verschwunden war, aber dann war es nur das Manikürmädchen eines Friseurladens. Ich ging an den anderen Läden vorbei und schnitt den Weg ab durch einen Zeitungsladen. Die Wände über dem Stand waren mit politischen Plakaten vollgeklebt, die auf die spanisch sprechenden Wähler abgestimmt waren. Sie zeigten Hawthorne im freundlichen Gespräch mit mexikanisch-amerikanischen Persönlichkeiten. *Hawthorne por la Causa. El Pueblo con Hawthorne. Cesar Chavez con Hawthorne.* Auf der anderen Seite des Zeitungsladens war ein Geländer, von wo aus man hinuntersehen konnte in die allgemeinen Verkaufsräume. Ich war sicher, Alora gesehen zu haben in der Menge, wie sie einen Einkaufswagen vor sich herschob.

Ich ging auf die Treppe zu und lief rasch hinunter. Hielt Abstand, als ich sie in der Gewürzabteilung erblickte. Sie wählte zwei verschiedene Sorten Chili aus, ging dann zum Gemüsestand und prüfte die gelben Paprikaschoten, packte schließlich etwa ein Dutzend davon in eine Tüte. Ich kam näher heran, blieb aber am Ende der langen Theke stehen. Sie drehte sich um und schaute direkt auf mich, schien mich aber nicht zu bemerken. Nach einer Theke mit grünem Salat, Petersilie und aromatischem *cilantro* begann sie sich schneller zu bewegen, wobei sie ihren Wagen noch vor sich herschob. Ich folgte ihr ebenfalls schneller und hoffte nur, daß man uns nicht beobachtete. Eine Santana-artige Rockband hatte inzwischen die *mariachis* abgelöst. Menschen brüllten und stampften im Rhythmus der Congas. Es wäre nicht ratsam gewesen, hier unangenehm als Verfolger eines Chicanomädchens aufzufallen. Aber sie schien nicht um Hilfe schreien zu wollen. Sie ging einfach schneller die eine Seite der Regale hinauf und die andere hinunter, ohne auf meine Gegenwart auch nur im geringsten zu achten.

Plötzlich ließ sie ihren Einkaufswagen los, schubste ihn mir entgegen und rannte hinüber in die Souvenirabteilung. Jetzt lief sie sehr schnell durch die Sombreros und Serapes und ockerfarbenen Keramiken, vorbei an den billigen Don Quichotes und Stierkämpfern, in Richtung auf einen Seitenausgang, stieß die Tür auf und war auch schon draußen. Ich erreichte die Tür nur Sekunden nach ihr und packte den Griff.

Der erste Schlag traf mich am Kinn, der zweite in den Solarplexus und der dritte knapp zwei Zentimeter unterhalb meines Penis. Vier oder fünf Gesichter schwammen vor meinen Augen. Ein heftiger Schlag in meinen Nacken, und ich flog kopfüber in einen Stapel Papayas. Dann hörte ich ein schrilles Klingeln, das nichts mit den *mariachis* oder den Chicano-Santanas oder auch nur mit einer harmlosen Marimba-Band zu tun haben konnte. Dazu hatte ich das höchst unangenehme Gefühl, daß ich meine Zunge verschluckt hatte und, falls von meinen Hoden noch etwas übriggeblieben war, ich diese morgen früh aus den Mülltonnen des Einkaufsmarkts heraussuchen mußte. Danach erinnere ich mich nicht mehr an sehr viel.

Es kann eine Stunde, es kann aber auch eine Woche gedauert haben. Licht fiel durch einen Spalt in den Fensterläden, aber ich hatte keine Ahnung, wie spät es war. Ich versuchte, die Augen weit zu öffnen, brachte sie aber höchstens zur Hälfte auf. Ich tastete nach meinem Gesicht und fühlte eine bananenförmige Geschwulst quer über der Stirn. Meine Wangen waren zerkratzt und mit getrocknetem Blut verklebt, und mein Mund war ein Stück fauliges Fleisch, das auf die Maden wartete. Ich wagte nicht, festzustellen, ob meine Zähne noch sämtlich an Ort und Stelle waren. Das hatte Zeit. Mein einziger Trost bestand darin, daß einer der Schläge meine Nase offenbar gerade geschlagen hatte, wegen deren Krümmung sich meine Mutter jahrelang so große Sorgen gemacht hatte.

Ich rollte herum und legte mich auf die Seite. Ich lag anscheinend auf einer Matratze, einen halben Meter über dem Boden in einer Art verlassenem Lagerhaus. Auf einem Tisch vor mir waren ein paar bunte Gegenstände aus Pappmaché. Unter erheblichen Schwierigkeiten langte ich mir einen davon her. Es war eine Theatermaske, die eine alte mexikanische Gottheit darstellte. Ich hielt sie vor mein Gesicht, schaute durch die Augenöffnungen in die Dunkelheit.

»*La gusta*?« kam eine flache Stimme aus einer anderen Ecke des Lagerhauses.

Ich versuchte, mich aufzusetzen, sank aber wieder zurück. Die Maske fiel auf den Boden.

»Wollen Sie vielleicht dem *Teatro Comunal de Azatlan* beitreten?«

Ein leises, mehrstimmiges Gelächter. Offenbar waren mehr Personen im Raum, vielleicht ein halbes Dutzend.

Ich hörte, wie jemand quer durch den Raum ging, dann wurde das Licht eingeschaltet. Die Helligkeit der nackten Glühbirne schmerzte in meinen Augen. Ich versteckte sie hinter meinem Arm.

Wieder Schritte. Ich hörte, wie sie mich umkreisten.

»Wo ist Luis Vazquez?« ließ sich die Stimme von vorhin hören.

Wer? Wovon redeten sie? Ich versuchte zu antworten, aber ich bekam keine Worte zusammen. Jemand rammte mir einen scharfen Gegenstand in die Seite.

»Wo ist Luis Vazquez?« fragte eine andere Stimme.

Ich stöhnte und nahm den Arm von meinen Augen. Vor mir sah ich undeutlich mehrere braune Gesichter. Ich glaubte, über ihren Köpfen die Zeichen der Landarbeitergewerkschaft zu erkennen: einen schwarzen Adler und eine rote Fahne. Meine Augen schlossen sich wieder.

»*No contesta*... Laß ihn schlafen.«

Das Licht ging aus, und ich war weg.

Einige Zeit später kam ich wieder zu mir. Das Licht brannte, und ich konnte deutlicher sehen, aber mein Kopf schmerzte immer noch gewaltig. Etwa ein Dutzend Männer und Frauen standen um mich herum und trugen Masken vor den Gesichtern. Einer von ihnen hatte eine Gitarre in der Hand. Andere hatten sich eingehängt, hielten sich in theatralischen Posen an den Händen. Der Gruppeneffekt war ein Tableau in der Art eines Wandgemäldes von Rivera, eine Fiesta an Allerseelen.

»Wo ist Luis Vazquez?« fragte der Mann mit der Gitarre. Seine Stimme war mir allmählich schon ein wenig vertraut.

»Ich weiß nicht, wovon Sie reden.«

Die fünf Leute in der vorderen Reihe schlugen ihre Mäntel auf und zeigten Maschinengewehre. Aber ich mußte grinsen. Es waren offensichtlich Bühnenrequisiten.

»Wo ist Luis Vazquez?« »Wo ist Luis Vazquez?« »Wo ist Luis Vazques?« Einer nach dem anderen sprach den Satz, als sei es eine Litanei. Zuletzt kam wieder der Mann mit der Gitarre dran.

»Wo ist Luiz Vazquez, *angelo*? Du findest das vielleicht zum Lachen, aber wenn er tot ist, wirst du uns Rede und Antwort stehen müssen.«

»Ich weiß nicht, wo er ist. Ich weiß nicht, wo ich bin. Ich weiß nicht einmal, was heute für ein Tag ist. Wenn ihr jetzt...«

Einer nach dem anderen nahm seine Maske ab. Als letzte demaskierte sich Alora.

»Wo ist Luis Vazquez, *angelo*?« fragte sie.

»Hören Sie —«

»Wo ist er?«

Ein Mann, der dicht neben meinem Kopf stand, hob seine Maschinenpistolenattrappe und drohte, sie mir in den Mund zu rammen.

»Einen Moment! Ihr macht einen großen Fehler!« Ich versuchte, langsam und deutlich zu sprechen. »Mein Name ist Moses Wine. Ich bin Privatdetektiv, und ich habe noch nie etwas von Luis Vazquez gehört.«

»Wir glauben dir nicht, *angelo*.«

»Wenn ihr Beweise wollt, bitte...« Ich langte nach meiner Brieftasche, aber natürlich war sie nicht mehr da. Sie lächelten. Der mit der Gitarre zog sie unter seinem Mantel hervor.

»Beweise — wofür?«

Ich fühlte einen scharfen Schmerz in meiner Seite, als sie von der Maschinenpistole getroffen wurde.

»Lausiger Dreckskerl«, murmelte ich durch die Zähne, und zwar laut genug, um verstanden zu werden. »Nehmt das Adressbuch heraus. Schlagt den Buchstaben V auf. Don Villarejo von der Barrio-Förderungsgesellschaft. Er kann über mich Auskunft geben...«

»Wer?«

Ich fühlte wieder einen Stoß in die Seite.

»Don Villarejo... Ihr kennt doch Don Villarejo, oder?«

Sie gaben keine Antwort.

Auf ein Signal des Mannes mit der Gitarre drehten sie sich um, hoben mich hoch und trugen mich in dem Raum herum, in seltsamen Schlangenbewegungen. Ein Mann auf der Vorderseite nahm einen echten Dolch in seine beiden Hände, während sie etwas sangen in einer fremden Sprache, die wie Nahuatl klang. Einen Augenblick lang schien meine Opferung eine echte Möglichkeit, ja sogar eine drohende Gefahr zu sein. Ich sah schon, wie man meine blutigen Eingeweide auf einen Opferstein legte. Aber dann kam ein weiteres Signal. Man legte mich wieder auf die Matratze, und die Lichter wurden ausgeschaltet.

Ich lehnte mich zurück und versuchte, mich zu entspannen. In meiner gegenwärtigen Kondition war ich nicht für solche Anstrengungen zu haben. Ich schlief eine Weile, bis ich wieder Schritte vernahm. Es muß in der Nacht gewesen sein, denn das Licht drang nicht mehr durch den Spalt der Läden. Ich setzte mich auf und fühlte starke Magenschmerzen, als ob sich meine Eingeweide umgedreht hätten und jetzt allmählich wieder in die richtige Lage rutschten. Ich starrte ins Dunkel und sah mich nach der merkwürdigen Schauspielertruppe um, aber diesmal war nur eine Person anwesend.

Alora schaltete das Licht ein und setzte sich neben mich auf den Rand dessen, was ich jetzt als Bühnenpodium erkannte. Sie hatte ein Tablett mit einer Suppenschüssel und Verbandszeug bei sich.

»Das hätten Sie uns sagen sollen«, erklärte sie vorwurfsvoll.

»Was?«

»Daß Sie derjenige waren, der Alonso Alegria gerettet hat.«

»Er hat sich selbst gerettet. Die Polizei hätte ihm nichts anhaben können.« Ich rieb meine Wangen, wo die Haut rauh war und schmerzte. Aus einem angrenzenden Raum hörte ich den Mann mit der Gitarre ein *gorrido* singen. Ich konnte den Text nicht ganz verstehen, aber es ging offenbar um einen jungen Rebellen in der mexikanischen Revolution, der ein großer Held war, bis ihn die Soldaten der Regierung in einer Cantina in Gesellschaft der Hure seines Dorfes fanden und erschossen.

»Sie hätten es uns doch sagen sollen«, erklärte sie.

»Sie hätten mir lieber sagen sollen, daß Sie nichts mit diesen Mistsäcken aus Nevada zu tun haben.«

Alora zuckte mit den Schultern, riß ein Stück Gaze ab und klebte es mir mit Leukoplast auf die Wange. »Essen Sie etwas Menudo«, sagte sie und nickte in Richtung auf die Suppe. Sie roch gut, aber ich war noch nicht in der Lage, etwas essen zu können. Mein Magen war so durcheinander, daß er vermutlich nicht einmal Jacobs durchgesiebte Bananen vertragen hätte.

»Wer ist denn nun Luis Vazquez?«

»Mein Vater, der Gründer des *Teatro Comunal de Azatlan.*«

»Und warum sucht ihr den?«

»Das geht Sie nichts an.«

»Angenommen, ich könnte euch helfen, ihn zu finden...«

»Das können Sie nicht. Und selbst wenn Sie es könnten — es geht Sie trotzdem nichts an.«

»Warum?«

»Weil es eine *cosa de la raza* ist...«

»Glauben Sie, daß er noch lebt?« Ich stützte mich auf meine Ellbogen. Zum erstenmal konnte ich die Bühnendekoration hinter mir erkennen. Es waren Weinfelder, perspektivisch gemalt. Umherziehende Landarbeiter, winzige Gestalten in weißen Hemden mit Sombreros, lagen in einiger Entfernung unter einer Landkarte von Kalifornien, Arizona, New Mexico und Teilen des nördlichen Mexiko. Quer über der Karte stand das Wort AZATLAN.

Alora drückte mich sachte auf die Matratze zurück.

»Muß ich Ihnen noch mal sagen, daß es Sie nichts angeht? Ich frage Sie auch nicht, warum Sie im El Mercado wie ein Westentaschen-James-Bond um mich herumgeschlichen sind.«

»Angenommen, ich wüßte, wo Sie Luis Vazquez finden können. Würden Sie es überhaupt wissen wollen?«

»Wissen Sie es denn?«

»Nein.«

»Dann sagen Sie so was nicht.«

Ich zuckte zusammen, als sie den Verband mit den Fingernägeln andrückte. Dann glitt ihre Hand auf meinen Bauch, wo ich eine lange Schürfnarbe in der Gegend des Nabels hatte. Ihr Kopf war nah bei dem meinen, und wenn ich mich zehn Zentimeter vorgebeugt hätte, hätten sich unsere Lippen berührt. Ich fühlte, wie sich meine Hose zwischen den Beinen spannte, und nach dem Ausdruck auf ihrem Gesicht hatte sie es auch gemerkt.

»*Una cosa Chicana*«, erinnerte sie mich und schlang die Binde um meine Brust. Dann stand sie auf und war zum Gehen bereit. »Vergessen Sie die *menudo* nicht«, sagte sie. »Wenn Sie sie kaltwerden lassen, wird das Fett fest und treibt an der Oberfläche...« Sie schaltete das Licht aus.

9

Am nächsten Morgen fuhr mich ein Mann, den ich noch nie zuvor gesehen hatte, zurück zum El Mercado. Er redete ununterbrochen über den Boxkampf im Olympic Auditorium. Anscheinend hatte dieser Filipino den Burschen aus Nigeria erst vor einer Woche im Bantamgewicht völlig erledigt. Die Leute waren wie toll... Aber wartet nur, bis dieser Kerl erst auf Jorge Orantes trifft... Der ist schnell, *por supuesto,* und hier im Barrio geboren. Der gibt ihm einen Tritt in den Arsch.

Wir bogen in den Parkplatz des El Mercado ein, und ich deutete auf den Buick.

»Das ist Ihre Kiste, Mann? Scheiße, was?« Wir fuhren daneben hin, und ich stieg aus. »Können von Glück sagen, wenn Sie damit noch aus dem Parkplatz rauskommen.«

»Danke für die Fahrt. Gehören Sie auch zum *Teatro Comunal de Azatlan*?«

»Ich? Nee, Mann, wirklich nich'. Oder schau' ich vielleicht wie so ein Schauspieler aus? Das sind doch alles *maricones*! Die haben mir nur 'nen Dollar bezahlt, daß ich Sie hierherfahre.«

»Und was ist mit ihnen?«

»Die sind ins *campo* gefahren... Heute früh um sechs... Sie machen ihre *actos*... Kleine Stücke für die Leute auf den Farmen.«

»Hab' ich schon gehört.«

Der Fahrer fuhr ein Stück zurück, wendete, blieb dann aber noch einmal dicht vor meinem Wagen stehen und kurbelte das Fenster herunter. Er hatte zwei gelbe Tickets in der Hand.

»Gute Plätze, Mann. Dritte Reihe. Orantes gegen diesen Filipino-Bastard. Der wird ihn aufmischen.«

Ich schüttelte nur den Kopf.

Während ich losfuhr, schaltete ich das Radio ein, um festzustellen, was heute für ein Tag war. Ich fand heraus, daß noch keine vierundzwanzig Stunden vergangen waren, aber daß ich andererseits unwiederbringliche Zeit verloren hatte und einer falschen oder zumindest nicht besonders heißen Spur gefolgt war. Das Verschwinden von Luis Vazquez hatte offenbar nichts mit Howard Eppis zu tun — jedenfalls nicht auf den ersten Blick. Und doch... Howards Spuren waren erstaunlich verborgen und verwischt. Ich ärgerte mich darüber, daß es mir bisher nicht gelungen war, ihm auf die Schliche zu kommen. War das ein Omen, daß ich nicht am erstbesten Ort nach ihm suchen sollte, oder ein Zeichen dafür, daß ich es eigentlich gar nicht wollte? Ich hatte zwar mit einigen früheren Kontaktleuten telefoniert, die sich in der politischen Szene auskannten, aber ich hätte noch viel mehr Leute anrufen und mich erkundigen können. Kam es daher, weil ich mich vielleicht, wie Sebastian gesagt hatte, unterschwellig darüber schämte, daß ich einen Politiker des Establishments unterstützte? Die ganze Geschichte war schwer zu durchschauen.

Als ich mein Haus erreichte, hörte ich das Telefon klingeln. Ich rannte zur Tür, aber es hatte aufgehört, ehe ich hineinkam. Also ging ich gleich weiter ins Bad und bückte mich als erstes über das Waschbecken, um mein Gesicht einigermaßen zu säubern. Ich schälte den Verband ab, den mir Alora ins Gesicht geklebt hatte, und reinigte die Wunden mit Alkohol; dann betrachtete ich mich lange und ausführlich im Spiegel. Was für eine Schweinerei! Da war ich gerade über dreißig, und mein Gesicht sah schon aus wie das zusammengebundene Ende einer italienischen Salami. Die Haut an meinem Hals war aufgeplatzt, und meine Jeansjacke war überall mit Blutspritzern versaut. Das warme Wasser funktionierte schon seit Monaten nicht in meinem Haus, und ich konnte die lausigen dreihundert Dollar von Hawthorne-Kampagne nicht auf die Bank bringen, weil sie sonst nur meine Gläubiger abkassieren würden. Ich schloß die Augen. Der pochende Schmerz war unverändert stark. Wäre ich auf der Uni geblieben und hätte mein Jurastudium beendet, dann säße ich jetzt nicht so im Schlamassel. Ich wäre ein netter, junger, jüdischer Anwalt mit einem Matisse-Druck an der Wand hinter dem Schreibtisch und zwei kleinen Winkeladvokaten, die mich bewunderten. Meine Frau wäre mir nicht wegen eines Blödians durchgebrannt, der seine rechte Zehe hinters linke Ohr stecken kann, und meine beiden Jungen wären hier in einem Zimmer jenseits des Korridors statt in einem Canyon zwanzig Meilen von hier. Ich beugte mich hinunter und spuckte ins Waschbecken.

Das Telefon begann wieder zu klingeln. Ich wischte die Hände am Handtuch ab und ging hinüber, um den Hörer abzunehmen.

»Hallo.«

»Hallo... Moses Wine?«

»Ja.«

»Hier spricht Howard Eppis.«

»Hallo, Howard.«

»Ich höre, Sie wollen mit mir reden.«

Der Akzent klang nasal und nach New York, die Stimme blechern wie aus weiter Ferne. Aber daraus konnte man gar nichts schließen. Manchmal klang mein Drogist an der Ecke so, als ob er mich aus Singapur anrufen würde.

»Sind Sie hier in der Nähe?«

»Vergessen Sie die Frage, Wine. Sagen Sie das, was Sie mir zu sagen haben, am Telefon — oder lassen Sie's bleiben.«

Ich setzte mich auf die Couch und hielt das Telefon in meinem Schoß. Der Hörer war plötzlich kalt in meiner Hand.

»Howard, wollen Sie, daß Hawthorne die Wahl gewinnt?«

»Klar.«

»Seine Leute sind da anderer Ansicht.«

»Wieso?«

»Wenn man einen Kandidaten mit Mao und Lenin vergleicht, ist das schlimmer, als wenn man ihm nachsagt, er hätte mit dem Papst Sodomie getrieben. Um das zu wissen, braucht man keine

Gallup-Umfrage.«

»Und was soll ich Ihrer Meinung nach tun? An den Strand gehen und Murmeln spielen?«

»Sie sollten aufhören, diese Flugblätter herumzuschicken, Howard.«

Langes Schweigen, dann: »Ausgeschlossen.«

»Mit anderen Worten: Sie wollen, daß Dillworthy gewinnt.«

Eppis lachte. »Ich habe nicht gewußt, daß sich ein Moses Wine so sehr um das Wohlergehen der Demokraten kümmert.«

Er wußte, wie man einen Mann wie mich verletzen konnte.

»Hören Sie, Howard — warum machen Sie das? Wenn Sie mir Ihre Gründe nennen — vielleicht können wir uns dann auf einer gemeinsamen Ebene treffen.«

»Ich habe meine Gründe für das, was ich tue, Wine, und die gehen Sie gar nichts an.«

»Und was war mit Lila Shea?«

»Mit wem?«

»Mit Lila Shea.«

»Ich habe Lila seit Jahren nicht gesehen.«

»Sie werden auch nicht mehr das Vergnügen haben. Sie ist vorgestern Nacht mit dem Wagen über die Klippe bei Cerro Gordo gestürzt.«

Lange Pause. Ich starrte auf die Sprechmuschel des Telefons, stellte mir vor, wie Howards grinsende Visage auf einmal ernst wurde, wie sich sein Haar wie das der Medusa sträubte...

»Ist das sicher?« Seine Stimme klang plötzlich bei weitem nicht mehr so forsch.

»Geben Sie mir Ihre Adresse, und ich schicke Ihnen die Fotos.«

»Mein Gott.«

»Sie sind reingelegt worden, Howard, von Kräften, die stärker sind als Sie.«

»Ihr Tod hat nichts mit mir zu tun.«

»Und wenn ich es Ihnen beweise: Werden Sie dann damit aufhören?«

»Versuchen Sie es erst einmal, Moishe... Aber Ihren Freunden in Hawthornes Hauptquartier können Sie auch gleich sagen, daß die Partei Freies Amerika auf breiter Front euren Kandidaten unterstützen wird und daß sie sich damit abfinden müssen.«

»Wo kann ich Sie erreichen, Howard?«

»Columbia Drive dreiundzwanzig.«

Er kicherte noch und legte dann auf.

Warum hatte er eigentlich angerufen? Ich konnte es mir nicht vorstellen, es sei denn, er benutzte mich dazu, die Hawthorne — Leute zu ärgern, sie möglicherweise sogar für irgendeine Art von Erpressung vorzubereiten. Ich entschied mich, die Nachricht Sebastian persönlich zu überbringen. Aber auf meiner Fahrt über den Echo Park Boulevard tauchte ein Streifenwagen in meinem Rückspiegel auf. Sekunden später blinkte das Rotlicht auf dem Dach. Ich fuhr nach rechts in die Discount-Tankstelle an der Ecke Elmwood. Ein junger japanischer Polizeibeamter stieg aus dem Wagen und gab sich sehr beschäftigt.

»Ich weiß«, sagte ich, »der linke Blinker ist defekt.«

Er gab keine Antwort und überprüfte statt dessen eine Eintragung auf seinem Notizblock. »Moses Wine?« Ich nickte. »Folgen Sie mir, bitte.«

»Weshalb denn?«

»Detective Koontz von der Kriminalpolizei möchte Sie sprechen.«

»Ach so. Und wenn ich nicht mit ihm sprechen möchte?«

»Dann läßt er einen Haftbefehl ausstellen.«

So einfach war das.

Der Polizeibeamte stieg wieder ein, und ich folgte seinem Wagen hinunter zur Alvarado, bog an der Temple Street nach rechts ab zum Gebäude der Kriminalpolizei, einem bedrückenden Bauwerk zwischen einem kubanischen Restaurant und einem Münzwaschsalon. Ich parkte in einer Bucht mit der Markierung ›Besucher‹ und ging die Treppe hinauf in die Haupthalle. Koontz wartete in einem der hinteren Büros auf mich und hatte sich bereits einen Stenographen besorgt. Er hätte sich dringend rasieren müssen, und sein Hemd sah aus, als käme es von einer Mangel im Inneren eines Müllwagens. Wie gewöhnlich war sein Panamahut so zerbeult, daß man nicht sagen konnte, ob er ihn richtig oder verkehrt aufhatte.

»Schicken Sie Ihre Verstärkertruppen weg, Koontz.« Ich deutete auf den Stenographen. »So haben wir nicht gewettet.«

»Ich dachte, Sie wollten eine Erklärung abgeben.«

»Worüber denn?«

»Über den sogenannten Unfall bei Cerro Gordo.«

»Was denn für ein Unfall?«

»Der, bei dem eine achtundzwanzigjährige Frau über die Klippe gestürzt ist.«

»Sie verschwenden Ihre Zeit, Koontz. Sie sollten lieber im Außendienst sein und etwas Konstruktives tun wie Bestechungsgelder kassieren oder Homosexuelle einschüchtern.«

»Wir werden ja sehen«, sagte er, und es klang ziemlich wütend. Dann langte er in seine Schreibtischschublade und brachte einen Ordner mit der Aufschrift ›WINE, Moses S.‹ zum Vorschein. Der Name kam mir irgendwie bekannt vor. »Kennen Sie eine Miss — ich sollte wohl sagen, Mrs. — Lila Shea?«

Der Stenograph schrieb die Frage mit fliegendem Bleistift nieder. »Schicken Sie den da erst raus«, sagte ich. »Sonst muß ich meinen Anwalt anrufen. Sie kennen doch uns Juden, Koontz. Wir haben alle sehr schlaue Anwälte mit großem Wortschatz.«

Koontz zeigte nicht die Spur eines Lächelns. Aber er machte dem Stenographen ein Zeichen, der daraufhin aufstand und verschwand. Danach schlug Koontz meine Akte auf und begann darin zu blättern. Sie schien seit meinem letzten Besuch ganz schön angeschwollen zu sein.

»Kennen Sie eine Lila Shea?« wiederholte er.

»Das kann ich nicht auf Anhieb sagen.«

»Was soll das heißen — Sie können es nicht sagen?« Er wartete eine Sekunde auf meine Reaktion. Als sie ausblieb, fuhr er fort: »Das ist die Frau, die am vierundzwanzigsten Mai um ein Uhr fünfundvierzig bei Cerro Gordo mit ihrem Wagen von der Klippe stürzte, genau nullkommasieben Meilen von Ihrem Haus entfernt... Frischt das Ihr Erinnerungsvermögen etwas auf?«

»Es ist interessant.«

»Mehr haben Sie nicht dazu zu sagen?« Allmählich verfiel er in hämisches Grinsen. Er nahm das oberste Blatt aus meiner Akte und legte es neben die zweite Akte, die rechts von ihm lag. Dann las er von dem Blatt ab: »Lila Shea, Universität Berkeley, Bachelorgrad in Englisch neunzehnhundertvierundsechzig. Moses S. Wine, Universität Berkeley, Bachelorgrad in Englisch neunzehnhundertdreiundsechzig.«

»Zwei gute Englischstudenten... Sehr bemerkenswert.«

»Lila Shea; Mitglied beim Komitee ›Fair Play für Kuba‹; Mitglied beim Komitee ›Befreit Caryl Chessman‹. Moses S. Wine; Mitglied beim Komitee ›Fair Play für Kuba‹; Mitglied beim Komitee ›Befreit Caryl Chessman‹.«

»Ein bemerkenswerter Zufall. Faszinierend.«

Er hielt ein Foto hoch. »Lila Shea *und* Moses Wine. Beim Marsch ›Bannt die Bombe‹ im März neunzehnhundertzweiundsechzig.«

Ich schaute das Bild an. Ziemlich unscharf das Ganze. Lila und ich waren mit Fettstift umrandet. Zwischen uns standen mindestens sechs andere Demonstranten.

»Leugnen Sie immer noch, daß Sie Lila Shea kannten?«

»Ich leugne es keineswegs.« Ich schaute zum Fenster hinaus und hoffte, eine fliegende Untertasse würde durch die Temple Street schweben und mich davontragen auf einen anderen Planeten. Doch so etwas passierte eben nur in Romanen von Vonnegut. »Aber ich bin auch nicht bereit, es zu bestätigen —«

»Das hab' ich mir gedacht.« Er legte die Dokumente in meine Akte und lehnte sich zurück, starrte mich mindestens eine Minute lang an. »Was ist denn mit Ihrem Gesicht passiert, Wine? Sie sehen aus, als wären Sie selbst von einer Klippe gefallen.«

»Ich hab' ein schnelles Pokerspiel gehabt mit drei Arabern und einem Griechen. Sie wollten es mir nicht glauben, als ich vier Könige in der Hand hatte.«

Er setzte sich gerade auf. »Na schön. Sparen Sie sich die Ausreden. Für wen arbeiten Sie, und was arbeiten Sie?«

Ich strich mir übers Haar.

»Seien Sie nicht dumm, Sie Würstchen. Ich habe genug gegen Sie, um Ihre Konzession in einen Ballon mit Schwefelsäure werfen und die Handschuhe danach wegschmeißen zu können. Ich könnte jetzt gleich Ihr Haus durchsuchen lassen und genügend Rauschgift finden, daß Sie bis Mitte der Achtziger in Soledad sitzen müssen. Für wen arbeiten Sie, und was geht hier vor?«

»Das sollten Sie eigentlich wissen, Koontz.«

»Was soll das heißen — ich sollte es wissen?«

»Sie haben doch mein ganzes Leben in Ihrer Akte. Wahrscheinlich haben Sie schon das Telefon meiner Mutter angezapft, als sie ihre Schwester von der Entbindungsanstalt aus angerufen hat.«

»Sind Sie bereit, mit mir zusammenzuarbeiten, oder —«

»Und das Vertrauen meines Klienten zu mißbrauchen? Was glauben Sie denn von mir?«

»Ach, hauen Sie ab«, sagte er. Ich stand auf, aber er versperrte mir den Weg. »Aber denken Sie an eines, Sie Schnüffler. Unser

Informant behauptet, er hat Sie am Abend ihres Todes mit Miss Shea gesehen. Und daher sind Sie unser Verdächtiger Nummer eins.«

»Sagen Sie Ihrem Informanten, er ist ein Scheißkerl.« Ich öffnete die Tür und ging.

10

Ich fuhr nach Hause und fragte mich, wer sein Informant sein mochte und wie dieser — oder diese — in das Puzzle paßte mit Alora, Eppis und Lila Shea. Oder ob es überhaupt ein solches Puzzle gab, ob die einzelnen Personen und Ereignisse tatsächlich miteinander in Beziehung standen. Und jetzt, wo Koontz noch seine Nase hineinsteckte...

Als ich nach Hause kam, ging ich direkt zu meinem Schrank. Das Hasch war noch an seinem Platz, versteckt in den Zehenkappen meiner stinkenden Tennisschuhe, und das Zeug aus Michoacan war unversehrt in der undurchsichtigen Flasche Dunhill ›Meine Mischung Nummer 1275‹. Ich dachte schon daran, alles ins Klo zu werfen und hinunterzuspülen, aber schließlich sagte ich mir, man lebt nur einmal, und was sind schon ein paar Jahre im Knast wegen Rauschgiftbesitz. Ich würde meine Jungs sehr vermissen — aber andererseits brauchte ich dann diesen verrückten Madas nie mehr wiederzusehen.

Ich setzte mich eine Weile an das Spuren-Spiel und fummelte gedankenverloren mit den Einzelteilen herum. Aber das wirkliche Leben hatte das Spiel verdrängt, und selbst die schlimmsten Taten von Colonel Mustard und Co. waren nicht mehr sonderlich interessant. Ich nahm wieder die Liste der Delegierten zur Hand und blätterte sie durch in der Hoffnung auf Inspiration. Dann sah ich das Pamphlet ›Reißt es ab‹ durch. Nichts. Ich lehnte mich zurück und kämpfte mit einem meiner unliebsamsten Gedanken: daß die Arbeit eines Privatdetektivs ein Job für Blöde war, einer, den jeder schaffte. Die Dinge, die gelöst wurden, wurden sowieso gelöst. Und der Rest blieb eben ungelöst. Informationen waren entweder leicht zu haben oder nie. Was man brauchte, war nur ein Trottel, der sie fing und bündelte.

Ich ging zum Kühlschrank und machte mir drei Thunfischsandwiches auf Roggenbrot, eine Art Hommage an Lila Shea. Dann aß ich ein paar Tortillas mit Butter und Salz, ein Gruß an Alora. Vielleicht würde ich ihr irgendwann wieder einmal begegnen. Ich schaute auf die Uhr. 16.15. Immer noch früh genug, um in Hawthornes Hauptquartier zu gehen und Eppis' Worte Sebastian zu melden. Schließlich wurde ich dafür bezahlt.

Als Vorsichtsmaßnahme gegen polizeiliche Überwachung fuhr ich nicht direkt zum Hauptquartier, sondern erst einmal hinunter bis zum Sunset, wo ich auf dem Parkplatz von Anchors Away, einem schicken Importgeschäft von wahnsinnigen Ausmaßen, meinen Wagen abstellte. Ich mischte mich unter die Menge der Günstigangebots-Jäger und steuerte drinnen auf den Hinterausgang zu, schlüpfte hinaus hinter einem Mann, der gerade zwei Rattan-Barhocker aus Bali und einen riesigen Ballen Sackleinwand aus Mikronesien erstanden hatte. Ich ging ein paar Blocks zu Fuß weiter bis zur Vermont und nahm von dort den Bus zum Hauptquartier. Als ich ankam, kehrten die Werbekolonnen gerade von ihren täglichen Runden zurück. Ich sah ihnen zu, wie sie ihre Portfolios einer großen Schwarzen aushändigten, die ihre Computerkarten studierte und ihre Namen auf einem großen Block ausstrich. Die Freiwilligen verglichen ihre Notizen und erzählten sich Anekdoten von ihrer Tätigkeit, alles unter dem Mantel einer großen Kameraderie.

»Fünfmal habe ich geklopft«, sagte ein junger Collegestudent. »Endlich macht der Kerl die Luke auf und schiebt mir die Mündung einer Flinte ans Ohr... Ich habe ihn als Nummer vier, sehr ablehnend, eingestuft.«

Ich drückte mich um das Pult des Knaben am Empfang herum, wurde aber aufgehalten von einer Hand, die sich auf meine Schulter legte. Es war Sugars. Er war in Hemdsärmeln, und das Haar hing ihm in die Stirn wie bei Bobby Kennedy.

»Was machen Sie denn hier?« Er begrüßte mich wie den Flüchtling einer Leprakolonie.

»Ich muß Sebastian sprechen. Es ist wichtig.«

»Sebastian ist nicht hier.«

»Wann kommt er zurück?«

»In ein paar Tagen. Ich habe ihn nach Bakersfield geschickt, damit er dort einige Vorbereitungen triff.«

»*Sie* haben ihn *geschickt*?«

»Ich gehöre zur nationalen Kampagne. Er ist der Leiter der

Kampagne im Staat Kalifornien. Daher bin ich sozusagen sein Vorgesetzter.«

Der Lift ging auf, und er bewegte sich darauf zu: ein Mann auf dem Weg zu überaus wichtigen Besprechungen in der Chefetage. Ich war schnell und blieb an seiner Seite.

»Eppis hat angerufen«, erklärte ich.

Sugars gab keine Antwort.

»Ich nehme an, er versucht möglicherweise, euch eine Falle zu stellen. Vielleicht auch, euch zu erpressen.«

Er erreichte den Lift und blieb stehen, blockierte die Tür mit dem Fuß.

»Hören Sie, Wine, tun Sie sich einen Gefallen. Wenn Sie auf unserer Honorarliste bleiben wollen, halten Sie sich fern von hier. Eppis kann uns nichts mehr anhaben. Er ist nicht groß genug. Aber die Polizei nennt Ihren Namen bereits im Zusammenhang mit einem Mord, und Sie können uns dadurch verdammt hineinreiten.«

Er war mit einem Schritt im Lift und hatte auch schon den Knopf gedrückt. Innerhalb einer Sekunde schloß sich die Tür vor seinem korpulenten Körper. Ich drehte mich um und starrte auf eine riesige Holztafel. Sie enthielt eine Graphik, auf der die Beliebtheit der Kandidaten aufgrund von Umfrageergebnissen im Laufe der letzten Wochen angezeig wurde. Hawthornes Popularität war ständig im Wachsen. Kein Zweifel, er würde Dillworthy besiegen. Sie konnten ihn jetzt nicht mehr stoppen, nicht einmal, wenn ihn die CBS filmte, wie er auf dem Dach der Union Bank mit einem alten Foto von Pat Nixon onanierte. So sah es jedenfalls aus.

Ich ging zurück durch die Empfangshalle, vorbei an den Wänden, die mit Ökologiesymbolen in zarten Pastellfarben tapeziert waren. Aus einem Lautsprecher kamen die Osmond Brothers in dezenter Lautstärke. Links von mir saßen die Freiwilligen an langen Klapptischen, fleißig wie die Ameisen in ihrem Haufen. Ich fühlte mich hier irgendwie völlig fehl am Platz, mit meiner Umwelt uneins, der letzte in einer Welt von engagierten Menschen.

»He — Moment mal!« Ein Mädchen hielt mich auf, als ich versuchte, durch den Gang zwischen dem Hauptquartier des Countys und dem des Staates hindurchzugehen. »Ohne Paß kommen Sie hier nicht durch.«

»Rechter Arm«, sagte ich und hielt meine Handflächen hoch

wie Dave Garroway in der Nachrichtensendung vor vielen Jahren. Daraufhin ließ man mich hinausspazieren.

Es war noch hell, als ich meinen Wagen vom Parkplatz des ›Anchors Away!‹ abholte. Ich fuhr anschließend auf den Sunset Boulevard hinaus und in Richtung Venice, um mich noch einmal am Columbia Drive 23 umzusehen. Vielleicht waren Eppis' letzte Worte nur ein alberner Scherz, aber ich hatte nicht genügend Spuren, um wählerisch sein zu können.

Ich erreichte die Sackstraße gerade, als sich der Himmel entschloß, stockfinster zu werden. Während ich am Ende der Straße wendete, stellte ich mit Überraschung fest, daß die Nummer 23 dem Erdboden gleichgemacht worden war. Das heruntergekommene viktorianische Holzhaus war verschwunden, und das einzige, was noch übrig war, entpuppte sich als ein neues Schild von Pacific Properties, auf dem die genauen Maße des Baugrundstücks angegeben waren. Ich parkte an der nächsten Querstraße, stieg aus und nahm meine Stablampe aus dem Handschuhfach. Die Straße war leer mit Ausnahme eines Chevy-Kombiwagens am anderen Ende. Drüben im nächsten Block flackerte die Neonreklame eines Restaurants mit makrobiotischen Speisen.

Ich überquerte rasch die Straße und ging auf dem Gehsteig an dem jetzt leeren Grundstück vorbei zu dem Haus mit den Jalousien. Es war mit rosafarbenem Stuck verziert, hatte ein rotes Ziegeldach und eine riesige metallene Alarmanlage, die jeder halbwegs erfahrene Einbrecher als Attrappe erkannt hätte. Ich drückte auf die Klingel. Nach ein paar Sekunden erschien ein dunkelbraunes Auge im Spion.

»Wer ist da?« hörte ich die Stimme einer Frau.

»Moses Wine, Ma'am. Ich bin Detektiv.«

Das Auge verschwand. »Der Detektiv von der Wohlfahrt, Harry«, sagte die Stimme.

»Sag ihm, er soll gehen«, erwiderte ein Mann.

Ich klopfte an die Tür. »Ich bin nicht von der Wohlfahrt, Ma'am. Ich bin Privatdetektiv. Ich möchte einen Augenblick mit Ihnen sprechen.«

Ich nahm meine Brieftasche heraus, schlug sie auf und ließ meine Konzession sehen, als ob das irgend etwas beweisen könnte.

Die Frau öffnete die Tür einen Spaltbreit. Ich sah eine ältliche

Filipino-Frau im Hausmantel. In der Küche hinter ihr aß der Mann sein Abendbrot, ein Nudelgericht. Er trug ein Hörgerät.

»Was ist denn?«

»Tut mir leid, wenn ich Sie beim Abendessen störe, Ma'am, aber es geht um das Grundstück nebenan... Wo man das Haus abgerissen hat.« Ich versuchte, das Haus zu betreten, aber die Frau nahm den Fuß nicht von der Tür.

»Sag ihm, er soll gehen«, wiederholte der Mann, ohne von seinem Essen hochzuschauen.

»Es ist nicht der vom Wohlfahrtsamt, Harry«, brüllte sie ihm zu. »Es geht um das Grundstück nebenan.«

»Was?«

»Das Grundstück nebenan!«

»Aha.«

Er kaute erst zu Ende. Dann begann es ihm allmählich zu dämmern. Er fing zu grinsen an, drehte sich um und kam zu mir her. »Batman!« sagte er und schlug mit den Armen, als habe er früher mal beim *corps de ballett* getanzt.

»Er ist verrückt«, erklärte die Frau. »Immer sieht er so komische Dinge. Er ist krank.«

»Bin ich nicht!« widersprach der Mann, der plötzlich sehr gut hören konnte.

Sie wandte sich ihm wütend zu. »Geh und iß deinen Teller leer!« Ich ergriff die Gelegenheit beim Schopf und trat ein paar Schritte hinein in das Haus. Es war sehr einfach möbliert. Neben der Schlafzimmertür stand ein großes Farbfernsehgerät unter einem Reiseplakat von Okinawa.

»Da war nie jemand im Haus«, berichtete sie mir. »Es war seit Jahren leer.«

»Unsinn!« bellte er sie an und tanzte noch immer flügelschlagend umher. »Du gehst ja immer um neun ins Bett. Die kommen erst um zwölf oder um ein Uhr morgens.«

»Wer kommt?« fragte ich ihn.

»Seltsame Typen«, antwortete er, und seine Augen zwinkerten wie die eines orientalischen Märchenerzählers. »Großes schwarzes Cape und rote Stiefel. Sonderbare Kleidung, und angemalt wie Huren... Aber es sind Hexen. Wissen Sie, was ich meine?«

Ich nickte, als wüßte ich es. »Kamen sie oft?«

»Nur ein paarmal. Und immer spät nachts.«

»Wohin sind sie gegangen?«

»Die Hintertreppe hinunter. Mit Kerzen. So.« Er spreizte die Finger, um Kandelaber anzudeuten. Seine Frau schüttelte angewidert den Kopf.

»Haben Sie gesehen, was sie getan haben?«

»Ich hab' nie —«

»Sei still, Harry«, unterbrach sie ihn. »Du redest Unsinn.«

Er wischte ihren Einwand mit einer Handbewegung weg. »Ich hab' nie was gesehen, mit Ausnahme von einmal.« Die Frau wandte sich verärgert ab. »An der Rückseite des Hauses ... King Nestor hat das Hexenmädchen mit einem silbernen Stock auf den Kopf geschlagen. Pfui, hat das geblutet.«

»King Nestor?«

»Der Mann mit dem Cape. Batman! So haben sie ihn genannt.«

»Woher wissen Sie das?«

Ich wartete auf eine Antwort, aber er lachte nur, winkte mir zu und ging zurück in die Küche.

»Haben Sie vielleicht auch eine große blonde Frau gesehen?« fragte ich. »Oder einen Mann mit drahtigem Haar, ich meine, richtig wie Draht?«

Aber er schien nicht zuzuhören. Er setzte sich an den Tisch, um weiterzuessen. Dann trat die Frau neben mich und legte mir mit ernstem Gesicht die Hand auf den Arm.

»Es ist nicht leicht für mich«, sagte sie. »Ich muß ständig um ihn sein. Er weiß nicht einmal, wo er ist. Er ist vollkommen senil.« Ich nickte ihr zu und näherte mich der Tür, aber sie packte mich wieder am Arm. »Hören Sie, Mister, Sie sind doch Privatdetektiv. Der Bruder meines Mannes in San Francisco ... er schuldet uns zweihundertfünfunddreißig Dollar seit sieben Jahren und will einfach nicht zahlen. Können Sie nicht veranlassen, daß er uns das Geld zurückgibt?« Sie klammerte sich an meinen Arm und näherte ihren Kopf dem meinen. Ihre Pupillen kamen mir besonders groß vor hinter ihrer dicken Brille.

»Tut mir leid«, sagte ich, machte mich frei und ging rasch hinaus.

Die Nacht war kühl und feucht. Ich ging zu der Stelle, wo das Haus gestanden hatte. Aber das Grundstück war praktisch eingeebnet. Alles, was ich vom Gehsteig aus sehen konnte, waren ein paar Asbestschindeln, die am Zaun gestapelt waren, und ein umgestürzter Toilettensitz. Ich knipste die Stablampe an und leuchtete damit auf den Boden. Auch vom Keller waren nur noch die Grundmauern übrig und die Stützen, die jetzt keine Decke mehr trugen. Ich sprang hinunter und leuchtete mit der Lampe die Wände ab. Eine gutgenährte Ratte schoß über den Boden und verschwand in einem Loch vor mir. Ich ging an der Grundmauer entlang. Am Ende erblickte ich in Augenhöhe einen Haufen Bauschutt.

Ich kletterte hinauf und betrachtete dann den Schutthaufen. Er bestand größtenteils aus zerbrochenen Ziegeln und Beton, aber unten ragte etwas Buntes heraus, eine Keramikscherbe. Ich grub sie mit einem spitzen Stein aus. Auf der Oberfläche war deutlich ein fünfzackiger Stern zu erkennen, und in der Mitte des Sterns war ein Kreis mit zwei Punkten auf der oberen Seite. In der Mitte des Kreises war eine Ziege abgebildet, und über den beiden Punkten befanden sich hebräische Buchstaben. Seit meinem Bar Mitzvah waren schon fast zwanzig Jahre vergangen, also konnte ich es nicht deuten. Aber ich steckte das Fragment in die Tasche und ging auf den Wagen zu. Drüben stand der alte Mann hinter der Jalousie und schaute mir zu.

II

Am nächsten Morgen, es war eigentlich schon fast Mittag, ging ich zu Barneys Wudu-Laden, einem großen Geschäft am Hollywood Boulevard zwischen einem Schlankheitssalon und einer Unterwäsche-Boutique, die sich auf Oben-ohne-Tänzerinnen und Transvestiten spezialisiert hatte. Als ich ankam, waren alle Verkäufer mit Jugendlichen belegt, die sich Juckpulver und unsichtbare Tinte kauften. Ich wartete an einer Theke, wo reihenweise Miniaturmumien in Pappkartons lagen, bis der erste Verkäufer frei war.

»Was ist das?« fragte ich dann und reichte mein Fragment dem großen Mann, der einen krummen Rücken hatte wie Walter Matthau. Er hielt die Scherbe in seiner rechten Hand, betrachtete sie aus der Nähe und kratzte sich dann das Kinn. Er hatte einen deutlich sichtbaren dunklen Schatten von den sprießenden Stoppeln.

»Das Pentagramm König Salomons«, erwiderte er, während

er mich nicht aus den Augen ließ. »Sehr selten... Wirklich, äußerst selten.«

»Was bewirkt es?«

»Es wehrt böse Geister ab. Dieses freilich ist gekippt, in der Art der Satanisten.«

»Und was ist das Tier in der Mitte?«

»Der Hexensabbath. Die Ziege. Ein großartiges Symbol.«

»Kann ich mir denken«, sagte ich. »Und wer hat Ihrer Meinung nach so etwas?«

»Nur die wahrhaftig Erleuchteten.«

»Natürlich.«

»Aber sie sind fast nicht zu bekommen.« Der Verkäufer beugte sich zu mir herüber, damit das sechsjährige Mädchen, das mit einer Gummispinne spielte, uns nicht hören konnte. »Wir bei Barney haben noch ein paar davon«, sagte er, »nur wenige, für siebzehn Dollar fünfundneunzig plus fünf Prozent Steuer für den Moloch in Sacramento.« Er beäugte mich sehr eingehend und wartete auf meine Reaktion. »Außerdem haben wir exklusive Satan-Cocktailservietten mit dem ungedrehten Kreuz für sieben Dollar fünfzig das Dutzend. Ein großartiges Stimulans bei jeder Konversation.«

Ich entschuldigte mich und ging zur Tür. Es war bereits halb zwölf, und ich mußte mit Earl Speidel reden.

Ich fand ihn beim Lunch in ›Geronimo's Gardens‹, einem Lieblings-Treffpunkt der Leute von der Schallplattenindustrie, mit einer riesigen Papiermaché-Skulptur des Heiligen Hieronymus in der Mitte, umgeben vom Palmwedeln. Earl saß bei Johnny Pace, dem Werbeleiter von Grit Records, einem mageren Amphetaminsüchtigen in einem Wildlederanzug und einer gelben Sonnenbrille.

»King Nestor?« Earl schüttelte amüsiert den Kopf. »Das klingt wie eine neue Cornflakes-Marke. König Nestor, die Köstlichkeit zum Frühstück. Mit Vitaminen und Mineralien, wie sie der Körper braucht.«

»Und was ist mit Columbia Drive dreiundzwanzig?«

»Sagt mir gar nichts.«

»Und dies hier?« Ich wickelte das Bruchstück aus einem Stück braunem Papier und reichte es ihm. Er prüfte es mit großer Neugierde.

»Was ist das?« fragte er dann.

»Das Pentagramm von König Salomon. Es wehrt böse Geister ab. Oder besser, in diesem Fall ruft es sie herbei... Siebzehn Dollar fünfundneunzig bei Barney.« Er reagierte nicht. »Hast du so was schon mal gesehen?«

»Woher soll ich das wissen? Vielleicht auf einer Plattenhülle für die Black Sabbath...?«

»Sehr komisch. Und was ist mit Procari? Hat er so was mal bei sich gehabt?«

»Procari hatte alles, nur nicht das Bhagavad-Gita in Jiddisch. Du interessierst dich doch nicht plötzlich für Procari, oder?«

Ich wickelte das Fragment ein und steckte es wieder in die Tasche. Ein Kellner kam, um meine Bestellung aufzunehmen.

»Probier den organischen Mais«, sagte der Plattenproduzent. »Er ist nach einem Originalrezept der Sioux zubereitet.«

»Ich will lieber einen Whisky für runter und ein Soda für rauf.« Der Kellner ging, einen düsteren Ausdruck auf dem Gesicht. »Erzähl mir von Procari, Earl. Du hast gesagt, man hat keinen Beweis für seinen Tod gefunden.«

»Das habe ich nicht behauptet. Sie haben Teile seines Wagens gefunden — ein Maserati —, dann einen Seidenschal, den er immer getragen hat, und ein paar verdammte Knochen. So, wie er durch die Gegend gefahren ist, wundert es mich ganz und gar nicht, daß er eines Tages bei Palos Verdes von einer Klippe geflogen ist. Und dort kommt keiner mit dem Leben davon. Du kennst die Stelle.«

Ich nickte. Das Bild einer Felsgruppe, die sich weit hinaus in den Pazifik erstreckte, stand mir vor Augen. Die Totenkurve. Sie hatte den Namen schon ein paar Jahre früher erhalten, als ein Trio von Motorradfahrern, high mit LSD, eine junge Frau in einem Fiat über die Brüstung hetzte. Minuten später flogen die Motorradfahrer selbst hinunter, als sie von der Polizei in der entgegengesetzten Richtung noch einmal an der Stelle vorbeigejagt wurden.

»Aber du hast gesagt, einige von seinen alten Anhängern glauben, daß er noch lebt.«

»Ja, nun — bei jedem Kult gibt es Gläubige, die es eben nicht glauben wollen, daß die Sache vorbei ist, nicht wahr? Jesus lebt, und zwar in Butte, Montana. James Dean ist als Zahnarzt in Sydney wieder aufgetaucht. Nenn, wen du willst.«

»Wer sind diese Leute — ich meine Procaris Anhänger? Erinnerst du dich an einige davon?«

»Seine glühendste Verehrerin war eine Frau, Isabel La Fontana. Ich glaube, sie wohnt in den Hollywood Hills, in einem Haus in normannischem Stil mit Burggraben und Deutschen Schäferhunden mit gefeilten Zähnen. Vor ein paar Jahren war ein Artikel im *Esquire* über Hexenkult in Kalifornien, und da hat man sie ausführlich besprochen. Ich erinnere mich genau an ein Foto von ihr, mit weißer Schminke und schwarzlackierten Fingernägeln.«

»Isabel La Fontana — das ist doch ein Künstlername, oder?«

»Woher soll ich das wissen? Sie hat, glaube ich, in den Fünfzigern eine Nachtklubnummer abgezogen, irgendwas Blutschänderisches mit ihrem kleinen Sohn.«

»Klasse«, sagte Pace und klatschte in die Hände. »He, worum geht's denn, Jungs? Etwas, was der alte Johnny vielleicht wissen sollte?«

»Nicht, wenn es nach mir geht«, sagte ich und ließ ein paar Dollarnoten für mein Getränk auf dem Tisch.

Eine Stunde später kletterte ich, bewaffnet mit einer alten Ausgabe des *Esquire*, die Treppen hinauf zum Haus von Isabel La Fontana in den Hollywood Hills. Aber als ich dort ankam, wunderte ich mich über das, was ich vorfand. Sicher, sie wohnte in einem Haus, das eine, wenn auch schwache, Imitation einer Normannenburg darstellte, aber Isabel selbst war alles andere als die Königin der Nacht, die ich erwartete. Statt dessen sah ich eine müde Frau mit grauem Teint, sicher zwanzig Jahre älter als die einunddreißig, die ihr der *Esquire* zugestanden hatte, mit den Augen einer Alkoholikerin, die sich nicht immer genau auf den Gegenstand ihres Interesses einstellen konnten. Als ich über die winzige Zugbrücke schritt, die zu ihrer Haustür führte, saß sie in einer ausgeblichenen, pastellfarbenen Bermuda-Shorts am Rand des Burggrabens, ließ die nackten Füße zu den Goldfischen im Wasser hineinhängen und warf den beiden keuchenden Schäferhunden Hundekeks zu. Die Hunde begrüßten mich mit freundlichem Japsen und leckten mir scheu die Hände. Die Zeiten ändern sich, erklärte Isabel bereitwillig, als ich ihr hinein ins Schloß folgte. Vor ein paar Jahren noch war der Satanskult große Mode gewesen. Dann kam Esalen mit den Begegnungstherapie-Gruppen, kam die Nackttherapie, und einiges mehr in dieser Richtung. Die Leute waren verwirrt. Wurden in die Irre geführt. Glaubten nicht mehr daran, daß der Teufel mehr war als eine von vielen verrückten Modeerscheinungen.

Das Mobiliar war ein Testament des Niedergangs von Isabels Reich. Die Burg war angefüllt mit einer Mischung aus nachgemachtem mittelalterlichem Bric-a-brac und den billigen Möbeln aus den billigen Versandhäusern, die auf den ersten Blick großartig aussehen, bis die erste Tasse Kaffee durch den dünnen Stoff gelaufen ist und die Sprungfedern verrosten läßt. Wir setzten uns auf eine Couch gegenüber einer Wand mit Fotos, die alle Isabel in der Begegnung mit lokalen Berühmtheiten zeigten. Ich erkannte den ehemaligen Star einer längst abgelaufenen Fernsehserie und den bekannten Besitzer einer Gebrauchtwagen-Kette.

»Gibt es denn keine Satanisten mehr?« fragte ich.

»Ein paar. Die wirklichen sind geblieben.« Sie fixierte mich, als sehe sie in mir den zukünftigen Konvertiten. »Bei welcher Zeitung sind Sie, Mr. Wine?«

»Bei der L.A.Bat, der Underground-Zeitung.«

»Oh, die Bat!« rief sie. »Ich liebe vor allem die Anzeigen — und die persönlichen Spalten.« Sie ließ eine Pause entstehen, während ich Block und Bleistift herausnahm. »Da sind die Menschen wirklich ehrlich, was ihre Bedürfnisse angeht. Und ich glaube, niemand sollte sich dessen schämen, was er braucht. Schämen Sie sich, Mr. Wine?«

»Ganz und gar nicht«, antwortete ich und erkannte die schmale Narbe unter ihrem Kinn, das Zeichen einer erst vor kurzem überstandenen Gesichtsoperation. Sie legte ihre Hand auf mein Knie.

»Sagen Sie mir, Miss La Fontana, wen betrachten Sie als die bedeutendsten Gestalten des Satanismus der vergangenen Jahre?«

»Ja, da muß ich überlegen.« Sie beugte sich näher zu mir. »Also, vorausschicken möchte ich, daß Charlie Manson ein Angeber war, durch und durch. Er war alles andere als ein wirklicher Satanist. Er hat nur unseren Namen in den Dreck gezogen.«

»Gibt es denn einige wahrhafte Führergestalten?«

»Der Gefallene Engel ist unser wirklicher Führer«, sagte sie ernst und nahm mich bei der Hand. »Was hat Milton geschrieben? ›Es ist nicht an uns, das Gute zu tun / doch das Böse ist unser wahres Entzücken...‹ Möchten Sie etwas trinken? Einen Cognac?«

Ich nickte, und sie goß uns zwei Gläser aus einer Plastikflasche ein, die auf dem Tisch stand.

»Auf die Unterwelt«, sagte sie, »und die Kinder der Dunkelheit.« Ich verkniff mir ein Grinsen und trank, wobei ich mich freilich fragte, ob das Getränk die Säfte der giftigen Mandrake-Wurzel enthielt oder irgendein anderes seltsames Gebräu. Es schmeckte jedenfalls wie billiger Weinbrand.

»Dann haben Sie also seit einigen Jahren keine irdischen Führer«, sagte ich.

»Nun, natürlich gibt es da auch einige. Lemuel Fleet in San Francisco, zum Beispiel. Roger Hendricks, ein Experte der Nekromantik. Norbert Hertside, der Kabbalist.« Sie führte meine Hand an ihre Lippen und pustete sachte darauf. »Und da sind einige, die mich zu den Führern unserer Sekte zählen... Haben Sie schon mal Geschlechtsverkehr gehabt, während Ihre Hände an einen Pfahl gefesselt waren, Mr. Wine?«

»Nicht, solange ich wach war.«

»Sie sollten es mal versuchen.« Sie umschloß meine Hand mit ihren beiden Händen und drückte, so fest sie konnte. Einen flüchtigen Augenblick lang spürte ich die Kraft, die einmal in dieser Frau gesteckt haben mochte. Oder noch steckte. »Unser Glaube ist nicht so töricht, wie Sie vielleicht denken«, fuhr sie fort. »Denken Sie an die Manichäer, an die Kräfte des Lichts und der Dunkelheit, die in uns allen kämpfen... Auch in Ihnen, jetzt, diesen Augenblick. Sie werden nur Gutes über uns schreiben, nicht wahr? Wir brauchen Ihre Hilfe.«

»Sicher... Hören Sie... Ich — äh — ich möchte gern einmal an einer Schwarzen Messe teilhaben.« Sie lächelte, angenehm berührt von meinem Wunsch. »Glauben Sie, es wäre möglich, an einer teilzunehmen, bei der King Nestor anwesend ist?«

Sie ließ augenblicklich meine Hand los und zog sich zurück, betrachtete mich mit ungeheurem Argwohn.

»Woher wissen Sie von ihm?«

»Jeder weiß von King Nestor«, versuchte ich.

»Ach?«

»Er ist Oscar Procari junior, nicht wahr? Der Sohn des berühmten Finanzmannes.«

»Oscar Procari ist tot. Er starb vor zwei Jahren bei einem Autounfall.«

Ich schaute sie mit großen Augen an. »Sind Sie sicher?«

»Oscar Procari ist tot«, wiederholte sie. »Sie können es in Ihrer eigenen Zeitung, aber auch in allen anderen nachlesen.«

»Ach«, sagte ich. »Jemand hat mir gesagt, daß er in Wirklichkeit noch lebt. Und daß er sich nur nicht mehr der Öffentlichkeit stellen möchte aus Angst, die falschen Leute würden ihn ausnutzen.«

»Dieser Jemand war völlig fehlinformiert.« Sie stand auf und trat einen Schritt von der Couch weg.

»Wenn es nicht Procari ist, wer denn dann?«

»Sie sollten jetzt gehen, Mr. Wine.«

»Aber das Interview hat doch eben erst begonnen. Ich habe noch so viele Fragen... Habe ich was Falsches gesagt?«

Ich ignorierte ihren Wunsch und ging zu einer gerahmten Fotografie, die einen Mann mit schwarzer Henkerskappe zeigte, der irgendein Ritual ausübte. Auf einer Bank vor ihm lag eine nackte Frau, der eine Schlange über den Bauch kroch.

»Ist er das? Ist das Procari?«

»Ich sagte, Sie sollen gehen, Mr. Wine.«

»Warum haben Sie Angst, es mir zu sagen? Das verstehe ich nicht.«

»King Nestor hat Kräfte, die keiner von uns auch nur ahnt.« Sie ging ans andere Ende des Raums. »Er ist die Hoffnung unserer Bewegung.«

»Dann lebt er also doch!« sagte ich und folgte ihr.

Aber sie gab keine Antwort. Statt dessen schoß ihre Hand an die Wand neben dem großen Spiegel und schaltete den Lüster aus, so daß nur noch eine einzige Kerze auf dem Kaminsims flackerte. Im Raum war es ziemlich düster. Mir war bis dahin nicht aufgefallen, daß er keine Fenster hatte. La Fontana griff nach rechts und hatte auch schon eine große Lederpeitsche in der Hand, die sie ein paarmal über meinem Kopf knallen ließ. Die zwei Schäferhunde erschienen in der Tür zur Diele. Diesmal waren sie ganz und gar nicht die liebenswerten Schoßhündchen, die mich draußen am Burggraben begrüßt hatten. Sie knurrten drohend und kamen mir vor wie zwei Überbleibsel vom Wachturm in Bergen-Belsen, die sich kurz zuvor den Bauch mit meinen Vorfahren vollgeschlagen hatten. Im schwachen Licht sah Isabel, trotz der Bermuda-Shorts und den Alkoholikeraugen, so aus wie in dem alten *Esquire*-Artikel. Und die Peitsche in ihrer Hand machte die Sache auch nicht besser. Im Gegenteil: Ich glaubte Isabel voll und ganz, daß sie sie zu benutzen wußte.

»Haben Sie noch weitere Fragen, Mr. Wine?« Ihre Stimme klang dramatisch und wie aus weiter Ferne.

»Nein. Nein, ich glaube nicht.« Ich war überrascht, daß ich mich so bereitwillig auf den Rückzug begab. Ich versuchte zu lachen, aber es kam mir gar nicht komisch vor.

»Dann ist unser Interview damit beendet.«

»Ja.« Ich nickte, und sie führte mich in die Diele, während die Hunde einen Meter hinter mir dreinschlichen.

Zum Abschied berührte sie mein Bein mit ihrer Peitsche. »Ich freue mich auf Ihren Artikel, Mr. Wine. Der Bat war schon immer eine meiner Lieblingszeitungen.«

Einen Augenblick später stand ich draußen auf der Straße. Die Sonne blendete meine Augen. Ich drehte mich nach dem Haus um. Die wenigen Fenster waren alle mit Läden verschlossen. Ich hörte die Hunde auf der anderen Seite des Burggrabens bellen. Wahrscheinlich zerfleischten sie gerade ein Stück rohe Lende. Es wäre sicher ein interessantes Schauspiel gewesen, dabei zuzusehen, aber ich hatte keine Lust, deswegen noch einmal umzukehren.

12

Das Okkulte besteht zu fünfundneunzig Prozent aus Quatsch, dachte ich an diesem Abend, als ich meine Pfeife mit soviel Haschisch stopfte, als ich nur hineinbekam; aber die restlichen fünf Prozent sind dazu angetan, dich so zu erschrecken, daß du dir mühelos die Hose vollscheißt. Ich nahm einen guten, tiefen Zug und hielt ihn solange in den Lungen wie möglich, während ich darauf wartete, daß sich die Wolke von Wahnsinn auflöste, die mich umfing, seit ich Isabel La Fontana in ihrer normannischen Burg hinter mir gelassen hatte. Nach kurzer Zeit schon fühlte ich mich spürbar besser. Vielleicht hatte ich in letzter Zeit zuviel geraucht, aber ich tröstete mich damit, daß ich noch lange nicht Sherlock Holmes erreichte, der immerhin im ›Zeichen der vier‹ drei Kokainspritzen pro Tag brauchte und ›nichtendenwollende

Tage lang auf dem Sofa lag, von morgens bis nachts kaum ein Wort sagte und keinen Muskel bewegte‹.

Ich legte mich auf das meine und hielt mir drei Fotokopien von Zeitungsausschnitten nacheinander vors Gesicht, die ich mir am Nachmittag in der Stadtbibliothek besorgt hatte.

> Palos Verdes Estates, 17. Mai – Die Einwohner dieses vornehmen und teuren Vororts erlebten gestern abend ein schreckliches Schauspiel, als ein brennender Maserati-Sportwagen auf dem Pacific Highway nahe dem Coheland Drive die Schutzplanken durchbrach und in den Ozean stürzte.
> Der Besitzer des Wagens ist Oscar Procari jun. aus West Hollywood, ein selbsternannter Priester der ›Kirche der Fünf Gottheiten‹. Mr. Procari soll den Wagen zum Zeitpunkt des Unfalls selbst gefahren haben.

Ich nahm die nächste Kopie.

> Palos Verdes Estates, 19. Mai – Die Polizei konnte bisher noch keine Identifikation des Fahrers vornehmen, der beim Sturz eines Maserati-Sportwagens in den Pazifik vor drei Tagen ums Leben kam. Wagen und Fahrer waren bis zur Unkenntlichkeit zerfetzt, was nach Ansicht der Polizei schließen läßt, daß der Wagen während des Sturzes in der Luft explodierte.

Ich las die dritte.

> Palos Verdes Estates, 20. Mai – Die Polizei hat jetzt das Opfer des Verkehrsunfalles vom 16. Mai mit einem Maserati, der von der Klippe vom Coheland Drive in den Ozean stürzte, eindeutig als den Besitzer des Wagens, Oscar Procari jun., identifiziert.
> Die Identifikation geschah durch Mithilfe von Angehörigen der ›Kirche der Fünf Gottheiten‹, der Procari angehörte und die der Behörde Röntgenaufnahmen des Opfers zur Verfügung stellten. Der

Coroner war dadurch in der Lage, die Knochenstruktur des Verunglückten mit den wenigen nach dem Unfall noch vorhandenen Fragmenten zu vergleichen.

Es war durchaus möglich, daß ›King Nestor‹ die Reinkarnation von Procari darstellte, eine Art Codename, der eine vielleicht schon vor zwei Jahren geplante Wiederkehr verbergen sollte. Aber Wiederkehr — wozu? Um die Kandidatur von Miles Hawthorne zu verhindern? Das ergab keinen Sinn. Hawthorne war damals noch nicht einmal als Kandidat vorgesehen gewesen. Oder um den ins Kraut schießenden Satanskult in Südkalifornien zu übernehmen? Das war dann aber ganz offenbar ziemlich mißglückt; von ›ins Kraut schießen‹ konnte nicht die Rede sein.

Ich sah mir die Artikel noch einmal genau an, dann legte ich sie auf den Tisch zu der Liste der Delegierten und der Ausgabe von ›Reißt es ab‹. Wie paßte Howard dazu? Trotz seiner pathetischen Anwandlungen, seinem Ersatz-Radikalismus, war es irgendwie erschütternd, sich vorzustellen, daß man ihn dazu brachte, daß er diesen Teufelskultisten jeden Wunsch erfüllte, auch wenn das bedeutete, daß er bei einem Mord zusehen mußte...

Ich ging in die Küche und setzte einen Espresso auf. Die Nacht war noch jung, und wenn ich mich weit genug durch Aleister Crowleys ›Magie in Theorie und Praxis‹ arbeitete, konnte ich mir vielleicht vorstellen, wen ich da als Gegner hatte. Vielleicht war ich bis dahin auch völlig stoned und träumte mich durch Goya-Illustrationen zu einem Hexensabbath. Oder, noch besser, ich fuhr zu der Firma Pacific Properties und verpaßte diesem Flint eine Tracht Prügel. Aber dann konnte es sein, daß mich Nestors silberner Stock im Nacken traf... Das Telefon klingelte und nahm mir meine Entscheidung ab.

»Hallo, Wine.« Es war Sebastian.

»Hallo, Sam. Wie geht's in Bakersfield?«

»Bakersfield... Ja. Ich komme gerade zurück. Hörte, daß Sie mit Eppis sprachen.«

»Ja, ich —«

»Das ist nicht so wichtig. Aber inzwischen hat sich etwas ereignet, was wichtiger ist. Können Sie sich mit mir treffen?«

»Klar. Ich fahre gleich hin.«

»Nein, nicht hier. Das wäre zu riskant. Ich bin in einer halben Stunde auf dem Parkplatz von Tiny Naylor.«

Ich kam vor ihm dort an und wartete im Buick, während ich den Motor laufen ließ. Gefärbte blonde Kellnerinnen eilten mit wackelnden Hüften von Wagen zu Wagen und nahmen Bestellungen für Chili-Burger und Pommes frites entgegen. Die Kunden waren überwiegend Teenager in funkelnden Bonnevilles. Es war wie ein Foto der Handelskammer vom gesellschaftlichen Leben Kaliforniens in den fünfziger Jahren. Nur daß jetzt die Kellnerinnen schon falsche Zähne im Mund hatten und die Teenager überwiegend Tunten in Frauenkleidern waren.

Sebastian kam zu Fuß. Er sagte kein Wort, deutete aber an, ich solle ihm folgen in Richtung auf das Carolina Pines Motel. Als wir den Gehsteig der Highland Avenue erreicht hatten, zeigte er auf einen weißen Mercury Cougar, der vor dem Motel parkte. Wir stiegen ein und fuhren auf den Sunset und von dort in Richtung Westen. Nach einer halben Meile nahm Sebastian einen Brief aus seiner Brusttasche und reichte ihn mir. Er war ordentlich getippt auf einem Briefpapier, wie man es überall samt Kuvert bekommt.

> An die sogenannten Liberalen im Hauptquartier von Miles Hawthorne.
> Ihr könnt davon ausgehen, daß die Partei Freies Amerika (PFA) ihre entscheidende Demonstration zur Unterstützung von Senator Miles Hawthorne am Vormittag des 31. Mai durchführen wird. Zu dieser Zeit wird die ganze Nation – wahrscheinlich die ganze Welt – erfahren, daß wir hinter Senator Hawthorne stehen.
> Also denkt dran: Haltet euch von den Schnellstraßen Harbor, Hollywood und San Bernardino Freeway fern – das heißt, wenn euch euer Leben lieb ist.
> Mit euch für die Kandidatur und den Endsieg Hawthornes im November! H. Eppis.

Der Brief war in Pomona, Kalifornien, am 27. Mai abgestempelt und an Mr. Sam Sebastian, County-Koordinator, Büro der Demokratischen Partei, Hawthorne-Kampagne, Wilshire Boulevard 4901, adressiert.

»Heißt das, er will eine Schnellstraße in die Luft gehen lassen?« fragte Sebastian.

»Ich glaube jedenfalls nicht, daß er dort eine Parade veranstalten wird.«

»Und was werden Sie dagegen unternehmen?« Er hielt an einem Rotlicht Ecke Sunset und Fairfax.

»Ich weiß es nicht.«

»Was soll das heißen — Sie wissen es nicht? Sie haben doch schon ein paar Hinweise, oder?«

Ich nickte. Die Ampel zeigte grün, und wir fuhren weiter den Sunset Boulevard entlang, vorbei am Gebäude der Regisseursgilde und der Bank of America.

»Was haben Sie denn?«

»Nicht viel. Einen Satanskult.«

»Einen Satanskult?« Es klang ärgerlich.

»Einen gewesenen Satanskult. Sie wirkten von einem Schallplattenstudio in Westwood aus. Danach trafen sie sich am Columbia Drive in Venice.«

»Das klingt nicht sehr sinnvoll. Warum sollten sich Satanisten um eine politische Wahl kümmern?«

Aber ich hörte ihm gar nicht zu. »Fahren Sie nach links!«

»Was?«

»Biegen Sie links ab.« Ich packte ihn an der Schulter. »Wir werden verfolgt.«

Er schien verwirrt. Ich langte ihm ins Steuer, riß das Lenkrad nach links, so daß wir auf den Crenshaw Boulevard abbogen.

»Und jetzt rechts.«

»Was?«

»Sie sollen rechts abbiegen!« brüllte ich. »Oder sprechen Sie nicht englisch?«

Ich schaute durch das Rückfenster. Der grüne Chevrolet mit dem Nevada-Kennzeichen war fünfzig Meter hinter uns.

»Wer ist das?« fragte Sebastian.

»Ich weiß nicht.«

»Wieso wissen Sie dann, daß er uns verfolgt?«

»Kümmern Sie sich nicht darum. Biegen Sie ab.« Ich zerrte wieder am Lenkrad, und wir fuhren auf den Santa Monica Boulevard, vorbei an ›Tana's Restaurant‹ und dem ›Troubadour‹. Dann, mit etwa achtzig Meilen pro Stunde, den Doheny Boulevard hinauf. Sebastian hing mit grimmiger Miene über dem

Lenkrad. Die Kerle in dem Chevy hinter uns waren gut. Sie blieben uns auf den Fersen.

»Jetzt da hinein«, sagte ich und deutete auf eine Seitenstraße, die sich hinter dem Whiskey-A-Go-Go hinauf in die Hügel wand. »Gas, Mann, drücken Sie das Pedal durch!« Bald waren wir hoch über der Stadt, überquerten den Mulholland Drive, daß die Reifen wie verletzte Hyänen keischten. Die Lichter von Los Angeles breiteten sich unter uns aus, ein funkelndes Talmiparadies.

Dann ging es wieder hinunter in den Laurel Canyon, der jetzt dunkel war; eine grüne Schlucht mit den Zweigen der Eukalyptusbäume über uns. Ein paar Anhalter traten ins Licht der Scheinwerfer, und Sebastian hätte sie um ein Haar erwischt.

»Na, macht's Spaß?« fragte ich.

»Wir können sie nicht abhängen«, antwortete er. »Wo fahren wir denn hin?«

»Fahren Sie nur zu.«

Wir rasten am Canyon Store und am Café Galleria vorbei. Der Verkehr in der Gegenrichtung verstärkte sich; Leute aus dem Tal, die nach einem Abend in der Stadt nach Hause fuhren. Ein Polizeihubschrauber tauchte in das Tal, ließ seinen Scheinwerfer auf die Wagen fallen und entfernte sich wieder. Ich zupfte Sebastian am Arm.

»Langsamer.«

Er ließ das Gaspedal los.

»Dort.«

Ich zeigte mit dem Finger auf ein helles, fluoreszierendes Schild, weiße Buchstaben auf schwarzem Grund: ›Mount Olympus‹. Davor war eine kleine Fontäne, die ein rosafarbener Scheinwerfer erhellte. Wir fuhren dahinter den Hügel empor, kurvten durch Straßen mit Namen wie Zeus Way und Athena Drive. Die leeren Straßen waren mit neu gepflanzten Zypressen und italienischen Pinien gesäumt. Hunderte von Häusern hatte man hier eingeebnet und die Grundstücke für eine große, teure Siedlung vorbereitet, doch dann war das finanzielle Desaster gekommen, und alles blieb vorläufig, wie es war.

»Höher«, sagte ich und trieb Sebastian an. Der grüne Chevy war auf dem Hügel unter uns, höchstens zwei Haarnadelkurven entfernt. Wir fuhren weiter und erreichten die Wende am Gipfel. Der Olymp! Ein Bulldozer stand vor der Fassade eines halbfertigen Herrenhauses im französischen Provinzialstil.

»Bleiben Sie stehen.«

»Hoffentlich wissen Sie, was Sie da tun.«

»Laufen Sie den Berg hinunter und kommen Sie in zehn Minuten zurück.« Wir stiegen beide aus dem Wagen. Aber Sebastian rührte sich nicht, stand nur betäubt da. »Na los«, sagte ich.

Er nickte und rannte dann den Abhang hinter der Fassade hinunter. Im selben Augenblick sah ich den Chevy links von ihm nach oben kurven. Ich kletterte in den Bulldozer und duckte mich auf Augenhöhe.

Nach ein paar Sekunden erreichte der Chevy die Wendekurve, fuhr jetzt ziemlich langsam. Er blieb hinter Sebastians Wagen stehen, dann kam er auf meine Seite. Ich konnte die Männer gut erkennen. Beide waren untersetzte Typen mit kurzem Marinehaarschnitt, und sie trugen wieder Sporthemden in Beige und Braun. Der Beifahrer hatte einen stupsnäsigen Revolver fast auf Kinnhöhe in der Rechten. Sie fuhren ein paarmal den Kreis, diskutierten miteinander und fragten sich offenbar, ob wir noch in der Nähe sein mochten. Schließlich hielten sie an einem Stapel von Ziegelblöcken an. Der Fahrer stieg aus und blieb vor seinem Wagen stehen, während der andere in Richtung auf die Fassade ging. Als er die Tür erreicht hatte, packte er die Klinke und stieß die Tür auf. Durch den Rahmen sah man die Lichter von West Hollywood. Er trat zurück und verschwand im Dunkeln.

Langsam und leise hievte ich mich aus dem Bulldozer. Ich sah die Beine des Fahrers. Während ich ihn genau beobachtete, kroch ich um seinen Wagen herum. Ich hatte eigentlich keinen festen Plan, aber als ich nahe genug war, machte ich einen Satz, packte den Kerl am Nacken und drückte ihm dann den Hals zu, so fest ich konnte. Wir fielen zu Boden und rollten in den Rinnstein.

»Lila Shea, du Saukerl!« brüllte ich. Ich merkte, daß ich auf seine Visage einschlug und ihm zugleich das linke Knie in die Nieren rammte. »Wer hat Lila Shea ermordet?«

»Ich weiß es nicht«, sagte er, bekam kaum einen Ton über seine zerschundenen Lippen.

»Das kann ich mir denken.« Ich hatte meine Faust oberhalb seines linken Ohrs und ließ sie heruntersausen wie einen Dampfhammer. Der Dreckskerl war größer als ich, und ich wußte nicht, woher ich all den Mut nahm. Aber ich nahm ihn irgendwoher.

»Für wen arbeitest du, du Sau?« Ich schüttelte ihn und schlug ihm den Schädel gegen den Boden. Seine Nase blutete heftig.

»Die Wiesen...« sagte er.

»Was für Wiesen? Was, zum Teufel, redest du da?«

»Die Wiesen... Die Wiesen bei der Kreuzung.«

»Was für eine Kreuzung?« Ich bearbeitete sein Gesicht mit der Faust. »Für wen arbeitest du?«

Der Mann schüttelte den Kopf. Er hatte Nerven, das mußte ich zugeben. Noch einmal holte ich aus.

Da hörte ich einen Schuß.

13

Ich saß auf meiner Veranda, hörte Bachs französische Suite Nummer sechs und sah zu, wie die Sonne über den San Gabriel Mountains emporstieg. Die Morgendämmerung konnte sehr schön sein in Los Angeles, ein nebliges Gold wie damals vor ein paar hundert Jahren, als Pater Serra zum erstenmal seinen fetten spanischen Arsch über den Camino Real bewegte. Aber diese Morgendämmerung half mir wenig. Ich war vermutlich auch nicht in der Stimmung für Morgendämmerungen.

Ich langte nach der Thermoskanne und goß mir etwas Kaffee ein. Ich hatte die ganze Nacht nicht geschlafen, die Ereignisse vom Mount Olympus immer wieder überdacht, und dabei waren meine Gedanken von Minute zu Minute düsterer geworden. Was war da geschehen? Ich konnte es nicht mit Sicherheit sagen. Es war schwer klarzusehen, so, als ob sich jemand bemühte, alles absichtlich zu verdunkeln oder nur symbolisch vorzuführen, wie beim Narrenspiel in einer elisabethanischen Tragödie.

Ich durchdachte alles noch einmal.

Ich hatte den Schuß gehört.

Ich war aufgesprungen und auf die Hausfassade zugelaufen. Die Tür hatte noch offengestanden. Ich trat einen Schritt darauf zu. Der Kerl, der am Boden lag, stand auf und taumelte auf mich zu, aber ich gab ihm einen Fußtritt und schleuderte ihn damit zurück gegen den Kotflügel seines Wagens. Er rührte sich nicht mehr. Dann lief ich geduckt durch die Tür bis ans Ende der Baustelle.

Zuerst konnte ich nichts sehen außer den Lichtern von Hollywood. Das Gebäude von Capitol Records war links unter mir, dort, wo die Schnellstraße diagonal den Sunset, Melrose und Santa Monica Boulevard schnitt. Auf dem Nachbarhügel war eine Statue des Hermes, die von grünen Scheinwerfern angestrahlt wurde. Zwei Männer zeichneten sich gegen das grünliche Licht ab. Einer davon ging rückwärts, mit erhobenen Händen. Der andere — der Mann mit dem kurzläufigen Revolver — näherte sich ihm mit gezogener Waffe. Die beiden waren höchstens fünf Meter voneinander entfernt. Ich schlich mich von hinten an. »Jonas, nicht, nicht... Bitte nicht...« glaubte ich Sebastian gehört zu haben. Seine Stimme zitterte.

»Das hilft dir nichts, du Drecksack. Du bist jetzt dran!«

Ich war auf dem Sprung, mich einzumischen, doch ehe ich mich bewegen konnte, feuerte der Mann schon wieder seinen Revolver ab. Es sah so aus, als könnte er sein Ziel nicht verfehlen, aber er verfehlte es; das Geschoß streifte eine der falschen korinthischen Säulen der Fassade und riß eine Handvoll Beton heraus.

»Wine!« brüllte Sebastian, warf sich zugleich auf den Boden und kroch hinter die Säule.

Ich brüllte wie ein Indianer und rannte den Abhang hinunter. Der Kerl mit dem Revolver drehte sich um und kam nun auf mich zu. Ich umkreiste eine Hecke und ging hinter Sebastian wieder nach oben. Der Ganove packte seinen Revolver mit beiden Händen und zielte auf mich.

»Hauen Sie schon ab, Sebastian. Los!« brüllte ich.

Der County-Koordinator stand auf und begann zu laufen, aber er stolperte am Rand der Straße über einen Stein. Der Revolverheld kam von hinten auf ihn zu und zielte auf seinen Rükken. Er feuerte, und die Kugel ließ den Kies drei Meter neben ihm hochspritzen. Eins stand jedenfalls fest: Der Kerl mit dem Revolver war der schlechteste Schütze von ganz Nevada.

»He, du Wyatt Earp!« schrie ich. »Ich hab' auch eine Kanone.«

Der Ganove wirbelte herum. Ich hatte meine Faust in der Jakkentasche und drückte den Daumen nach vorn. Der Ganove starrte mich einen Augenblick lang an. Sebastian raffte sich wieder auf und begann auf die Hauptstraße zuzurennen.

»Scheiße, Kamerad. Was du da hast, ist nichts weiter als dein kleines Patschhändchen.«

Er hob den Revolver bis in Augenhöhe. Aber ich wartete nicht darauf, daß er ein weiteres Zeugnis seiner Schützenkunst ablegte. Statt dessen rannte ich wie eine Gazelle hinter Sebastian her. Sekunden später feuerte mein ›Kamerad‹ den nächsten Schuß ab. Er landete zwanzig Zentimeter neben meiner rechten Zehe. Der nächste bewirkte ein vorübergehendes Vakuum unter meinem linken Ohrläppchen. Und der dritte war so nahe, daß ich nicht sagen konnte, ob ich getroffen war oder nicht, bis ich unten bei Sebastian war, wo wir uns unter den Zypressen versteckten. »Da hinein.« Ich deutete auf eine Bauhütte.

Wir warteten drinnen, ohne auch nur ein Wort miteinander zu reden. Ich stand an der Tür, einen schweren Spaten in der Hand. Zweimal hörten wir Schritte im Umkreis von fünfzehn Metern um die Hütte. Sebastian atmete stark, und ich war sicher, wenn der Kerl uns hörte, würde er durch das dünne Holz feuern und unsere Eingeweide auf die Werkbank spritzen. Aber zehn Minuten vergingen, und nichts geschah. Nach zwanzig Minuten öffnete ich die Tür. Die Nacht war dunkel und still. Die Straße hinauf zum Mount Olympus — leer.

»Und was haben Sie herausgebracht?« fragte mich Sebastian, als wir nach oben zum Wagen kletterten.

»Nicht viel. Etwas über irgendwelche Wiesen. Ich bin nicht klar damit geworden... Was ist eigentlich mit diesem Jonas?« Ich sagte es ganz beiläufig, in der Hoffnung, ihn damit überrumpeln zu können.

»Jonas?« fragte er. Sein Ausdruck war nichtssagend.

»Ja, der Kerl, der auf uns geballert hat.«

»Wie heißt der? Woher wissen Sie seinen Namen?«

»Sie selbst haben ihn so genannt.«

Sebastian begann zu lachen. »Ich soll ihn so genannt haben?«

»Jonas, nicht, nicht... Bitte nicht...«

Der County-Koordinator schüttelte den Kopf. »Ich muß ziemlich nervös gewesen sein. Ich wollte sagen: ›Jesus, bitte nicht.‹ Was hätten Sie unter solchen Umständen gesagt?«

Ich gab ihm keine Antwort. Wir hatten die Spitze des Hügels erreicht. Sein Wagen stand da, wo wir ihn verlassen hatten. Aber der grüne Chevy war weg, hatte nichts als eine schwarze Schleifspur auf dem Straßenbelag an der Wende hinterlassen.

14

»Er ist nichts weiter als ein billiger Nevada-Gauner, einer von der Sorte, die einen Blinden für einen Dollar fünfundachtzig zusammenhauen würden.« Koontz zuckte verschmitzt mit den Schultern. Es war mitten am Vormittag, und wir saßen an der Theke von Winchells Kuchenparadies am Glendale Boulevard. Der Kriminalbeamte hatte eine Schnitte mit Ahornsirup vor sich und eine Tasse schwarzen Kaffee. »Oder haben Sie geglaubt, daß ich für Sie gleich das ganze Orchester zum Einsatz bringe?«

»Was wollen Sie eigentlich, Koontz? Nennen Sie das Gerechtigkeit vor dem Gesetz? Wenn er einer wäre, der für den Frieden marschiert, dann würden Sie notfalls Ihre eigene Mutter mit der Pistole fertigmachen, um herauszufinden, wer er ist.«

»Das Recht der Privatsphäre, Wine. Wie Sie wissen, hat jeder Bürger Anspruch darauf, vor Neugierigen geschützt zu werden, die in seinen Privatangelegenheiten herumschnüffeln wollen.« Der Polizeibeamte verschlang den Kuchen mit zwei Bissen und goß dann den Kaffee hinterher. »Was wollen Sie denn von ihm?«

»Ich möchte dieser Lila-Shea-Affäre auf den Grund gehen. Sie wollen den Fall doch auch lösen, oder?«

»Wie heißt der Kerl?«

»Jonas.«

»Jonas — wie noch?«

»Weiß ich nicht.«

»Ist das sein Vorname oder sein Familienname?«

»Das weiß ich auch nicht.«

Koontz schaute mich angewidert an. »Das ist alles, was Sie haben?« Mit der linken Hand deutete er der Bedienung an, daß er noch einen dänischen Käsekuchen und eine Tasse Kaffee haben wollte.

»Es könnte auch Jonah, nicht Jonas, gewesen sein. Ich war nicht so nahe, und der andere hat sehr schnell gesprochen.«

»Der andere?«

»Tut mir leid.« Ich grinste ihn an.

»Kommen Sie, Wine. Was soll das denn?«

»Es ist ganz einfach, Koontz.« Ich sprach langsam, betonte jede Silbe. »Sie sollen die Identität eines Ganoven namens Jonah oder Jonas herausfinden. Er ist etwa einsachtundsiebzig groß, hat blondes Haar, blaue Augen und einen kräftigen Körperbau.

Seine Wangen sind gerötet, was darauf schließen läßt, daß er viel trinkt. Er hat einen kurzläufigen Revolver bei sich und einen Kumpel, der einen grünen einundsiebziger Chevrolet Marke Chevelle mit falschen Kennzeichen aus Nevada fährt.«

»Aha... Und wie soll ich seine Identität feststellen?«

»Die Räder des Gesetzes, mein Lieber. Sie haben den Apparat: Computer und Archive. Ich bin sicher, der Vogel hat zwölf von den letzten fünfzehn Jahren im Knast verbracht.« Ich schrieb die Einzelheiten auf eine Papierserviette und reichte sie Koontz.

»Und wenn ich es tue? Was ist für mich drin?«

»Nichts.«

»Nichts?«

»Die Ehre, Koontz. Der Ruhm, einen Fall gelöst zu haben. Sie werden als Bluthund des Teufels gefürchtet werden. Und denken Sie doch: Ich bringe immerhin den ersten wichtigen Hinweis.«

»Unser erster wichtiger Hinweis — das waren Ihre Fingerabdrücke auf dem Armaturenbrett von Lila Sheas Wagen. Sie sind keine fünf Millimeter von der Haftzelle entfernt, vergessen Sie das nicht.«

Die Kellnerin kam und brachte den dänischen Käsekuchen. Koontz teilte ihn in der Mitte und schlang die beiden Stücke ebenso schnell hinunter wie zuvor die Ahornsirup-Schnitte. Als er fertig war, langte die Kellnerin unter die Theke und holte eine Kuchenschachtel heraus, ordentlich verpackt und mit einem Zierband zugebunden. Auf dem Karton stand sein Name. Eugene Koontz.

»Sie wissen ja wohl, daß wir, die Bürger, auch das hier bezahlen«, sagte ich, stand auf und deutete auf den Karton. »Ich wette, Sie sind auch einer von den Typen, die im Dienst auf Kosten der Öffentlichkeit schlafen.« Ich ging zur Tür. »Ach ja, dabei fällt mir ein: Wenn ich Sie wäre, würde ich mich rasch um die Sache kümmern. Ich habe da ein komisches Gerücht gehört von einer Explosion auf einer Schnellstraße, die für den einunddreißigsten Mai geplant ist. Aber das ist natürlich nur ein Gerücht.«

Koontz murmelte etwas in seinen Kaffee, als ich den Kuchenladen verließ.

Ich überquerte den Glendale Boulevard und fuhr gegenüber dem Funkturm an der Alvarado den Hügel hinauf. Ich wollte herausfinden, ob Alora Vasquez schon vom *campo* zurückgekommen war. Es gab einige Fragen, die ich ihr stellen mußte. Aber zuerst mußte ich etwas besorgen, zu Hause vorbeischauen und einen Freund anrufen, der ein bekannter Strafverteidiger in Las Vegas war. Als ich an meine Haustür kam, klingelte wieder einmal drinnen das Telefon. Diesmal erreichte ich es, bevor es aufhörte zu klingeln, aber ich zögerte, den Hörer abzunehmen, weil ich fürchtete, es könnte Koontz sein, der mich in Sachen Explosion auf dem Freeway aushorchen wollte. Aber die Stimme am anderen Ende der Leitung hatte nicht das geringste mit Koontz gemein.

»Guten Morgen, Mr. Wine. Hier spricht Oscar Procari.«

»Senior oder Junior?«

»Senior... Ich hoffe, ich rufe nicht zu ungelegener Zeit an.«

»Nein, keineswegs, Mr. Procari. Ich freue mich über Ihren Anruf.«

»Wissen Sie, ich möchte Sie in mein Haus einladen, damit wir uns dort in Ruhe unterhalten können. Ich glaube fast, wir haben einander eine Menge zu sagen.«

»Wann soll ich bei Ihnen sein?«

»Am liebsten jetzt gleich.« Seine Stimme klang deutlich und unkompliziert, wie die eines Mannes, der es gewohnt ist, Befehle zu erteilen, ohne daß man ihm widerspricht. Er fuhr fort, ehe ich mir eine schöne Antwort ausgedacht hatte. »Meine Adresse ist Bermuda Lane hundertzwei in den Rolling Hills.«

»Ich bin schon unterwegs.«

Ich legte auf.

Der Verkehr war nicht allzu dicht, und so erreichte ich in zehn Minuten den Harbor Freeway in Richtung Süden. Ich fuhr am Century Boulevard und an Watts vorbei, dann am Staatspark hinter den Ölraffinerien in Dominguez Hills. In wenigen Minuten konnte ich die San Pedro Docks sehen und die Brücke nach Terminal Island. Hier bog ich auf die Küstenstraße ab in Richtung Palos Verdes.

Ich hatte Rolling Hills vor mehreren Jahren einmal besucht, damals zusammen mit Suzanne, und wir waren nicht sehr lange geblieben. Es ist nicht unbedingt eine Gegend, die man gastfreundlich nennen würde. Und die Absicht der Bewohner zielt auch auf das genaue Gegenteil — die Welt sollte so weit wie möglich ausgeschlossen werden, und zwar nicht in der unhöflichen, brutalen, geplanten Weise, wie man sie von den neuen Wohnsiedlungen kennt, mit ihren Wachhäusern, die über mehr Fernsehmonitore verfügen als ein mittleres TV-Studio, und den elektronischen Überwachungsanlagen — nein, hier schaffte man es, indem man den Besucher einschüchterte, ihn dazu brachte, daß er sich schämte. Was, du willst dieses wunderbare, alte, geschliffene Glasfenster einschlagen, nur um einen ordinären Farbfernseher zu klauen? Oder diese herrlichen Alleen mit deinem schlecht gewarteten 1947er Buick verpesten?

Die Bermuda Lane befand sich jenseits des Hügels in einer bewaldeten Senke, von wo aus man offenbar keinen direkten Blick zum Ozean hatte. Drei Teenager ritten in englischen Reitkostümen an mir vorbei, als ich in die Auffahrt von Nummer 102 einbog. Die Fahrstraße war mit Kies bedeckt und höchstens fünfzig Meter lang, auf beiden Seiten von Bonsai-artig gestutzten Wacholderbäumen eingefaßt. Ich fuhr bis zu Procaris Haus, einem groß angelegten Bungalow im kalifornischen Stil, der denen in den älteren Stadtvierteln bis auf seine Großzügigkeit weitgehend glich. Und dieser Bungalow war im wahrsten Sinn des Wortes perfekt! Jede Schindel, jeder Balkon schien echte Handarbeit zu sein. Ich nahm an, es handelte sich um ein Werk von Greene und Greene, den beiden berühmten Architekten aus den zwanziger Jahren.

Ich parkte neben einem Mercedes und einem Land Rover. Als ich mich der Haustür näherte, stand dort eine schlanke junge Frau in einem Bikini. Ihre Haut war sonnengebräunt. Auf der Stirn schälte sie sich ein wenig. Sie hatte die dunkle Sonnenbrille ins Haar gesteckt, das kurz geschnitten war.

»Sie sind sicher wegen Oscar hier«, sagte sie, ohne zu lächeln. Ihr Akzent klang skandinavisch. Sie drehte sich um, ging hinein ins Haus und wußte sehr wohl, daß ich ihr nachsah, wie sie mit den kleinen Hinterbacken unter dem fleischfarbenen Bikinihöschen wackelte.

Ich trat einen Schritt hinein in die Halle, doch bevor ich meine Augen an das schwache Licht gewöhnten und mich dort umsehen konnte, kam mir Procari aus einem Seitengang entgegen. Er trug ebenfalls eine Badehose und hatte sich das Handtuch um den Hals drapiert: ein kleiner, untersetzter Mann, etwa einssiebzig, aber hart und energiegeladen. Er mußte um die Sechzig sein, dachte ich. Sein silbergraues Haar war einfach nach hinten gekämmt, und die modischen Koteletten gingen bis über die Ohrläppchen nach unten. Am vierten Finger seiner rechten Hand trug er einen schweren Goldring mit einem großen blauen Stein.

»Mr. Wine«, sagte er und streckte mir diese Hand entgegen. »Tut mir leid, daß ich Sie so unvorbereitet hierhergebeten habe, aber ich muß um fünf auf dem Flugplatz sein. Und ich wollte zuvor mit Ihnen sprechen.«

»Ich freue mich, Sie besuchen zu dürfen«, sagte ich und folgte ihm in den Wohnraum. Er war an die zwanzig Meter lang, mit dunkler Mahagonitäfelung und antiken Navajo-Decken, die an schmiedeeisernen Haken hingen. Durch das Fenster sah ich die junge Skandinavierin, die über das Gras auf den Swimming-pool zuging.

»Ich höre, Sie suchen meinen Sohn«, sagte er und schlüpfte in ein Paar Hauspantoffeln.

»Wer hat Ihnen das berichtet?«

Er gab keine Antwort und ging durch den Wohnraum hinüber in sein Arbeitszimmer. Es war sehr maskulin und mit viel Leder eingerichtet. Procari zog einen Stuhl hinter seinem Schreibtisch hervor und lud mich zum Sitzen ein.

»Was haben Sie über ihn herausgefunden, Mr. Wine?«

»Nicht viel. Genau gesagt, suche ich auch gar nicht nach Ihrem Sohn, Mr. Procari. Ich nahm an, er sei vor zwei Jahren bei einem Autounfall ums Leben gekommen.«

»Sie meinen, er hat Selbstmord begangen.«

»Das wußte ich nicht.«

»Das hat er aber.«

»Und warum?«

»Um sich an mir zu rächen. Seit er ein kleiner Junge war, hat er pausenlos versucht, sich an mir zu rächen.« Er ging um den Schreibtisch herum und setzte sich in einen Drehsessel. »Sie brauchen mich nicht so erstaunt anzusehen, Mr. Wine. Es ist ganz natürlich. Der Sohn wächst heran, um den Vater zu vernichten. Ödipus und Laius... Kann ich Ihnen etwas zu Trinken anbieten?«

Procari drückte auf einen Knopf an seinem Schreibtisch, und eine vierschrötige Indianerin tauchte auf, als hätte sie sich aus den Decken vergegenwärtigt, stand gleich danach neben meinem Stuhl, einen entrückten Ausdruck auf dem Gesicht.

»Gin und Tonic«, bestellte ich.

»Das gleiche für mich, Maria.«

Sie verschwand durch die Schwingtür.

»Und Sie sind sicher, daß es Selbstmord war?«

»So sicher wie dies hier.« Er starrte mich einen Augenblick lang an, dann drehte er sich rasch in seinem Sessel herum und zog an einer Vorhangschnur. Der Vorhang ging auf und enthüllte ein Fenster mit großartigem Ausblick auf den Ozean. Die Küstenstraße war überraschend nahe. Und die Küstenlinie erstreckte sich hinaus auf einen Felsvorsprung, wo die Brandung gegen den Stein donnerte und feines Sprühwasser bis nach oben auf die Straße schickte. Die Totenkurve. Procari merkte, daß ich sie erkannte. »Man hat keinen ›Unfall‹ praktisch vor dem Arbeitszimmer seines Vaters, oder?«

Wir saßen danach eine ganze Weile da, ohne ein Wort zu reden. Ich sah zu, wie sich die Wellen an der Steilküste brachen. Ein Junge spazierte mit seinem Hund über die Straße. Kurz danach kam Maria mit den Gläsern, zwei Flaschen Schweppes, einer Flasche Booth, Limonen und Eis. Procari mischte die Drinks selbst und schnitt die Limonenschale mit großem Sachverstand in spiralenförmige Stücke.

»Wie ich sehe, sind Sie ein Yale-Mann«, sagte ich und deutete auf den schweren Goldring mit dem blauen Stein.

»Die Klasse von neunzehnhundertdreißig.« Er rührte meinen Drink um und reichte mir dann das Glas. »Der erste Amerikaner italienischen Ursprungs, der dort zugelassen wurde, soviel ich weiß... Wie schmeckt der Drink?«

»Wissen Sie, eines verstehe ich nicht ganz, Mr. Procari: Wenn Sie so sicher sind, daß Ihr Sohn tot ist — warum wollen Sie dann mit mir sprechen?«

Procari senkte den Blick, betrachtete interessiert die Schreibtischplatte. »Ich weiß es nicht. Ich weiß es selbst nicht. Ich glaube, ich hoffe immer noch... Wie Sie sich vorstellen können, fühle ich mich ziemlich schuldig in dieser Sache...« Er brach kurz ab und ließ mir Zeit, über seine Worte nachzudenken. »Wenn es also vielleicht doch noch eine Möglichkeit gibt, ich meine, wenn irgend jemand meinen Jungen findet, meinen Oscarino... Sehen Sie, dann will ich es sein. Ich. Wenn ihn jemand anderer finden würde — ich könnte nicht damit fertig werden. Deshalb möchte ich Sie engagieren, Mr. Wine. Als eine Versicherungspolice gegen meine eigenen Fehler und Schwächen.«

»Sie wollen mich engagieren?«

»Ja.«

»Aber ich arbeite zur Zeit für jemand anders, Mr. Procari.«

»Ich weiß. Ich werde Sie nicht danach fragen, für wen Sie arbeiten — und worum es bei diesem Auftrag geht. Aber ich biete Ihnen das Doppelte, und wenn Sie ihn finden, eine zusätzliche Erfolgsprämie von zehntausend Dollar.«

»Warum wollen Sie ausgerechnet mich damit beauftragen, Mr. Procari?«

»Hören Sie — nennen Sie Ihren Preis. Ich werde ihn zahlen. Das ist es mir wert, meinen Oscarino zurückzubekommen.«

»Bevor wir überhaupt ins Geschäftliche kommen, möchte ich wissen, wie Sie ausgerechnet auf mich gekommen sind.«

Procari blickte auf; ein Gedanke ließ seine Augen kurz aufflackern. Dann trank er einen Schluck von seinem Gin und Tonic. »Durch Isabel La Fontana«, sagte er.

»Isabel La Fontana? Jetzt sagen Sie bloß noch, daß Sie auch mit diesem Satanskult zu tun haben!«

Procari schenkte mir als Antwort ein trauriges Lächeln. »Es gab andere Gründe, La Fontana zu kennen — damals, in den alten Tagen.«

Ich schaute durch das Seitenfenster hinunter zum Pool. Die Skandinavierin hatte ihren Bikini ausgezogen und hüpfte auf dem Sprungbrett. Bei jedem Sprung bewegten sich ihre festen Brüste. Dann stieß sie sich ab und tauchte mit vollendetem Hechtsprung ins Wasser. Ich nahm an, ich verstand, was Procari gemeint hatte.

»Gibt es etwas über Ihren Sohn, was ich noch wissen sollte? Ich meine, etwas Wichtiges, das Sie mir noch nicht gesagt haben?«

»Ich glaube kaum.«

»Gar nichts?«

»Es war immer dasselbe. Ich habe ihm alles gegeben, und er hat es mir angewidert an den Kopf geworfen. Boote, Wagen, Geschäfte. Sogar einen Platz in Yale. Es kostete mich ein großes persönliches Opfer. Und da hat er an einem Besuchsabend, als sich die alten Yale-Leute dort trafen, eine tote Ratte auf sein Bett gelegt mit einem Zettel, daß er nie und nimmer etwas akzeptieren könne, was ihm sein Vater ermöglicht habe. Danach ist er ausgerückt. Vielleicht hatte er sogar recht, Mr. Wine.«

»Möglich.«
»Glauben Sie, er lebt noch?«
»Es wäre denkbar. Menschen verschwinden und tauchen wieder auf. Es ist leicht in unserem Land, eine neue Identität anzunehmen. Selbst wenn man sich eine Gesichtsoperation machen läßt, man braucht dazu nur ein bißchen Geld.«
»Und Sie glauben, daß Sie ihn finden können?«
»Ich kann Ihnen nichts versprechen, Mr. Procari.«
»Aber Sie werden für mich arbeiten?«
»Selbst das kann ich nicht versprechen.«
Er schien verwirrt zu sein. Ich schaute um ihn herum auf den Baccarat-Tisch, wo eine Tageszeitung unter einem Stapel von Illustrierten herausragte. Die Überschrift lautete: DILLWORTHY BESCHULDIGT GEGENKANDIDATEN... Der Rest war von der Märzausgabe von Harper's Magazine verdeckt. Aber ein Teil des Artikels unter der Schlagzeile war mit rotem Bleistift umrandet und mit einigen Zahlen versehen.
Procari beugte sich vor und packte mich am Unterarm. Sein Griff war eisenhart. »Mr. Wine, Sie müssen verstehen. Dies ist keine Kleinigkeit für mich. Haben Sie Kinder?«
»Zwei Jungen.«
»Dann versetzen Sie sich in meine Lage. Stellen Sie sich vor, daß Ihre Söhne erwachsen sind, um die Dreißig, und daß einer Ihretwegen Selbstmord begeht. Stellen Sie es sich vor. Dann verstehen Sie vermutlich meinen Schmerz.«
Procari ließ meinen Arm los. Die Skandinavierin kam durch die hintere Tür herein; ihr Haar war noch naß. Sie stand einen Augenblick da und sah uns an. Dann beugte sie sich über das Roulette und küßte Procari auf die Augenbrauen.

15

Ein paar Minuten später verließ ich Procari mit dem Versprechen, über sein Angebot nachzudenken. Als ich durch die Bermuda Lane fuhr, blieb ich einen Augenblick lang stehen, um einen Jacarandabaum zu bewundern. Es war Spätfrühling, und die lavendelfarbenen Blüten waren voll geöffnet. Dahinter ergoß sich eine Kaskade von Bougainvillen über eine Mauer. Während ich im Wagen saß, überlegte ich mir, ob ich nicht noch einmal zu Fuß zurückgehen und mir das Haus des Finanziers genauer betrachten sollte, doch dann entschied ich mich dagegen. Ein Mann wie Procari ließ zweifellos seinen Besitz streng überwachen, und wenn es irgend etwas Sehenswertes gab, dann bestimmt nicht vor dem Haus, sondern drinnen.

Ich fuhr hinunter bis zur Küstenstraße und von dort zum Harbor Freeway. Der Verkehr war jetzt wesentlich dichter und verstärkte sich noch, als ich mich dem Civic Center näherte, wo der Hollywood und der San Bernardino Freeway den Harbor Freeway kreuzen — die berühmte Autobahnkreuzung, wie man sie aus unzähligen Luftfotos von Los Angeles kennt. Ich fragte mich, ob das wohl die Stelle sein mochte, die sich Eppis für seine Explosion ausgesucht hatte. Es wäre jedenfalls der Punkt gewesen, der ihm am ehesten nationale Berühmtheit eingebracht hätte. Ich fuhr weiter, verließ den Freeway an der Second Street und folgte der Abfahrtsrampe hinter dem Music Center bis zum Sunset Boulevard. Bald danach war ich wieder in East Los Angeles. Ich brauchte diesmal nicht lange, um Alora Vazquez' Bungalow zu finden. Wie beim erstenmal parkte ich vor der Synagoge und stieg aus, das kleine Päckchen, das ich besorgt hatte, unter dem Arm.

Ich ging wieder auf den Innenhof und klopfte an die Tür. Nichts. Ich versuchte es noch einmal. Wieder nichts. Nach ein paar Sekunden ging ich zum Seitenfenster. Das Bett war ungemacht, und ein halb ausgetrunkenes Glas Orangensaft stand daneben, aber die Lichter waren ausgeschaltet, der Bungalow schien leer. Es sah so aus, als sei er in Eile verlassen worden. Als ich nach unten schaute, sah ich, daß das Fenster dicht über dem Blumenkasten eingedrückt und mit einem Stück Sperrholz provisorisch repariert worden war. Ich ging um das Haus herum und klopfte an die Hintertür. Dann drehte ich den Knopf, versuchte, die Tür zu öffnen. Das Schloß schien nachzugeben, ohne daß ich sonderliche Kraft aufwendete.

»Suchen Sie wen?«

Die Stimme kam von hinter mir. Ich fuhr herum, schützte zugleich intuitiv den Kopf mit den Armen.

Zwei Männer standen vor mir.

Ich betrachtete sie durch die Finger. Der eine war der Kerl aus dem Studebaker, und der andere sah aus wie ein vielversprechender Leichtgewichtsboxer. Der Bruder von Alora hatte sein Messer wieder einmal in der Hand und zielte damit nach meinem Brustkorb.

»Hallo«, sagte ich, nahm die Arme nach unten und setzte mein gewinnendstes Lächeln auf. »Erinnern Sie sich an mich?«

»Was wollen Sie?«

»Ich — äh — ich suche Ihre Schwester.«

»Meine Schwester ist nicht zu Hause.«

»Ja, das habe ich mir schon gedacht... Aber vielleicht wissen Sie, wo ich sie erreichen kann?«

Der Bruder gab keine Antwort. Mit einer raschen Bewegung des Messers hieb er einen Zweig der Poinsettia ab, der ihm im Weg gewesen war. Der andere kam einen Schritt auf mich zu.

Ein weiterer Freund in einem Arbeitshemd und mit einem Pancho-Villa-Schnauzbart erschien unter der Tür zum nächsten Bungalow. Lansam trat er heraus auf den Patio.

»Hört zu, Jungs, einmal war genug, finde ich.« Meine Stimme klang seltsam schrill und leer. »Ich habe eine alte Großmutter, und wenn die das hört, bekommt sie einen Herzinfarkt.«

Der Bruder starrte mich an. »Jemand hat versucht, meine Schwester vergangene Nacht zu töten.«

»Wirklich? Das finde ich merkwürdig. Auch mich hat vergangene Nacht jemand töten wollen.«

»Tatsächlich?«

»Vielleicht war es derselbe.«

»O ja. Und wer war es bei Ihnen?«

»Es waren, genau gesagt, zwei. Zwei Schlägertypen in einem grünen Chevrolet. Einer von ihnen hatte einen Revolver.«

Die drei Männer schauten einander an.

»Sie ist auf einer Probe«, sagte der Bruder dann.

Ich saß in dem Lagerhaus und schaute der Probe des *Teatro Comunal* zu. Auf der Bühne war eine merkwürdig gemischte Gesellschaft; einige von ihnen hatten wirklich Talent, während man andere nicht einmal für eine Schulaufführung von ›Charlies Tante‹ hätte brauchen können. Aber sie waren mit Begeisterung bei der Sache und hörten Alora zu, die in Abwesenheit ihres Vaters Regie führte. Sie waren gerade bei Aufwärmeübungen gewesen, als ich erschien, berührten gegenseitig die Gesichter mit geschlossenen Augen und stießen wie Football-Spieler mit den

Schultern aneinander. Dann setzten sie die Masken auf und begannen mit einem ihrer *actos.* Es ging darin um einen Bandenführer im Barrio, der von einem Polizisten angeschossen wurde und zurückkam, um seine Freunde während der polizeilichen Untersuchung zu unterstützen. Alora mußte die Szene wiederholen lassen und setzte sich neben mich.

»Die Gruppe ist wie verwandelt ohne meinen Vater. Es herrscht einfach keine Konzentration.«

»Für mich sieht das aber doch recht gut aus. Ich hörte, Sie hatten vergangene Nacht einen ungebetenen Besucher.«

»Woher wissen Sie das?« fuhr sie mich an.

»Ihr Bruder hat es mir gesagt.«

»Jorge hat es Ihnen gesagt? Aber das geht Sie alles nichts an.«

»Ich glaube, ich weiß, wer Ihre Besucher waren.« Ich übertrieb dabei bewußt, um sie aus der Reserve zu locken, was mir freilich nicht gelang. »Haben Sie was von Ihrem Vater gehört?«

Sie schüttelte den Kopf und ging weg von mir, stieg wieder hinauf auf die Bühne, um den Schauspielern Anweisungen zu erteilen. Die Akteure versammelten sich um sie. »Tanzt es«, sagte sie. »Tanzt das Finale. Dann ladet ihr die Zuschauer ein mitzumachen...«

Ich ging herum zur Seite und lehnte mich gegen die Wand des Lagerhauses. Es war beschmiert mit Chicano-Graffiti, die ich nicht lesen konnte. Nach einem zweiten Durchlauf war die Probe beendet, und die Schauspieler gingen durch den ›Bühneneingang‹ hinaus. Alora stand allein auf dem Podium.

»Sind Sie noch da? Was wollen Sie denn? Den großen Helden spielen und meinen Vater suchen?«

»Vielleicht.« Ich nahm das Päckchen, das ich noch immer unterm Arm hatte, und wickelte eine Langspielplatte aus, reichte sie ihr. »Haben Sie das hier schon mal gesehen?«

»›Die andrer Meinung sind‹.« Ihre Stimme schwankte ein wenig, als sie die Aufschrift des Covers las. Die Schrift war schon ein wenig vergilbt vom Neonlicht in dem Billigmarkt. »›Michael Ofari, Howard Eppis und Luis Vazquez‹.«

Sie machte mir ein Zeichen; ich sollte ihr folgen.

Später saß ich in ihrem Wohnzimmer. Zwei Exemplare der Schallplatte lagen auf dem Kaffeetisch — meine und die ihres Vaters. Daneben befanden sich aparterweise die zwei abgeplatteten 38er Geschosse, die Alora heute morgen aus ihrer Schlafzimmerwand gegraben hatte. Draußen hielten ihr Bruder und sein Freund Wache im Patio.

»Er hat sie oft und oft gehört«, sagte Alora, »bevor er verschwunden ist... Als wäre die Schallplatte eine Zeitmaschine, die ihn zurückbringt in die späten sechziger Jahre.«

»Und was ist mit Eppis?«

»Ich habe ihn nie kennengelernt.«

»Hatte Ihr Vater noch Kontakt mit ihm, nachdem die Schallplatte fertig war?«

»Nicht, daß ich wüßte.«

»Hat er jemals über Eppis gesprochen?«

Sie dachte einen Augenblick lang nach. »Er hat gesagt, daß er ihm leid tut. Ich erinnere mich: Wir haben einen Dokumentarfilm über die Chicago Convention gesehen. Eine von diesen Fernseh-Jahresrückblenden. Es gab eine Stelle, wo Eppis mit einer Micky-Maus-Mütze eine Demonstration anführt. Mein Vater meinte, es sei traurig, daß Howard sich nicht zwischen der Revolution und seinem selbstsüchtigen Egoismus entscheiden könne, daß er zwar die Gesellschaft verändern, aber zugleich und vor allem die Aufmerksamkeit dieser Gesellschaft auf sich lenken wolle.«

»Ihr Vater scheint ziemlich militant zu sein.«

»Eigentlich nicht. Er unterschätzt nur alles, was seiner Meinung nach die Lage der Chicanos verbessern könnte. Er hat sogar Hawthorne bei seiner Kampagne unterstützt.«

»Hat er irgendwann einmal über Satanismus gesprochen?«

»Über — Satanismus?« Sie mußte lachen. »Nein.«

»Und was ist mit einem Mann namens Oscar Procari junior? Er ist auch unter dem Namen King Nestor bekannt.«

»Nie gehört.«

»Warum sind Sie mir dann in diese Bar nachgegangen?«

»Mein Vater hat eine Adresse hinterlassen, für den Fall, daß ihm etwas passieren würde.«

»Columbia Drive Nummer dreiundzwanzig?«

»Ja... Mein Bruder hat gesehen, wie Sie dort auftauchten, einen Tag nach dem Verschwinden meines Vaters. Jetzt ist das Haus abgerissen.«

»Und was ist mit den zwei Fünfzigern in Ihrer Tasche?«

»Arbeitslosengeld.«

Ich lehnte mich auf dem Sofa zurück und stützte den Kopf gegen das Bücherregal.

»Ich muß Sie jetzt bitten, mich zu verlassen«, sagte sie, erhob sich und schob den Riegel der Tür auf. »Ich habe heute abend ein Treffen und möchte zuvor zum Essen gehen.«

Ich rührte mich nicht. »Warum gehen wir nicht zusammen zum Essen?«

»Wozu?« Sie starrte mich an, die Hand am Türgriff.

Ich zuckte mit den Schultern.

»Sie suchen meinen Vater und wollen mich als Belohnung, nicht wahr? Ich hab' gehört, daß das die Arbeitsmethode von Detektiven ist.«

»Das hab' ich auch mal im Fernsehen gesehen. In ›Mannix‹. Aber mir ist so was Schönes leider noch nie passiert. Nun — was ist mit dem Essen? Sie kennen doch sicher hier in der Gegend ein paar nette Lokale.«

»Na schön, meinetwegen«, sagte sie.

Wir fuhren durch die Soto Street zum Restaurant Merida, einem winzigen Loch mit vier Tischchen und einem künstlichen Wasserfall mit der Reklame für Coors-Bier. Es gab Essen im Yukatan-Stil und Alora empfahl mir die *panuchos* mit schwarzen Bohnen. Sie entpuppten sich als eine Maya-Variation der Tostadas in einer dunklen, scharfen Sauce. Der Geschmack der Bohnen war angenehmer als bei den üblichen *frijoles.* Alora erzählte mir von ihrer Familie. Sie war in Yukatan geboren, nicht weit von der Insel Cozumel, wo ihr Vater auf einer Kaffeeplantage arbeitete. Als sie sechs war, starb ihre Mutter, und ihr Vater brachte die Familie in die Vereinigten Staaten, zuerst in der Gegend um El Paso und dann ins San Joaquin Valley, schließlich nach Los Angeles. Im San Joaquin Valley in der Nähe von Delano hatte sie den ersten Kontakt zu einer Chicano-Theatergesellschaft aufgenommen. Dort hatte sich eine Nebengruppe des Teatro Campesino formiert, und Luis Vazquez war ihr Leiter. Er verstand damals nicht viel vom Schauspielen, aber er lernte schnell, genau wie Alora und ihr Bruder Jorge, obwohl es ihm nicht sonderlich Spaß machte. Er reparierte lieber Autos. Nachdem die Truppe schließlich gebildet war, zogen sie nach Los Angeles, um eine neue im Barrio zu organisieren.

Wir tranken ein paar Bier und saßen danach noch eine Weile beim Kaffee. Ich fühlte mich sehr wohl in Gesellschaft von Alora und dem Coors-Wasserfall, der einen lächelnden Fischer bespritzte. Der Gedanke, in mein leeres Haus zurückzukehren, wo es nichts gab als das Spuren-Spiel und eine Haschpfeife, schien mir wenig verlockend. Aber dann kam der Kellner mit der Rechnung, und wir gingen. Als ich zurückfuhr zu ihrem Bungalow, saß Alora näher bei mir als auf der Hinfahrt. Meine Hand, die ich über ihre Seite der Lehne gelegt hatte, glitt beim Halten vor einem Rotlicht zufällig auf ihre Schulter; ich ließ sie dort. Alora rutschte nicht weg. Aus der Musikbox eines Lokals drang eine traurige kubanische *canciòn* auf die Straße.

»Glauben Sie, mein Vater lebt noch?« fragte sie mich plötzlich und wandte sich mir zu, so daß sich unsere Schenkel berührten.

»Ich weiß es nicht«, sagte ich. »Ich weiß es wirklich nicht.«

Als wir in ihrem Bungalow angekommen waren, standen ihr Bruder und sein Freund immer noch im Patio und warfen das Messer auf den Stamm eines Avocadobaums. Ich ließ den Motor des Wagens laufen, überlegte mir, wie ich sie doch noch überreden konnte, mit mir zu kommen, aber die beiden Männer traten gleich an den Wagen heran.

Der Bruder sagte vorwurfsvoll: »Das Treffen hat schon begonnen.«

Alora nickte. Sie sprang aus dem Wagen und überquerte den Patio, ohne sich noch einmal umzusehen.

Ich starrte ihr einen Augenblick lang nach, dann fuhr ich weiter. Ich wußte nicht so recht, wohin. Der Wagen schien selbst zu lenken, hinaus auf den Golden State Freeway. Der Verkehr war dicht von achträdrigen Lastwagen mit Fracht für Bakersfield und Diesel-Tankwagen, die das Öl von Long Beach nach San Francisco und weiter in den Norden brachten. Ich kurvte um den Griffith Park herum und bog auf den Ventura Freeway ab, zur anderen Seite des Parks. Bald ging es nach Norden durch das San Fernando Valley und zur Ausfahrt Laurel Canyon.

Ich parkte hinter Madas' Jaguar. Im Haus brannte kaum Licht; nur ein Flackern im Schlafraum der Jungen war zu sehen, und ein orangefarbener Schimmer in Suzannes Zimmer. Ich stieg aus, ließ die Wagentür leise zufallen und ging auf das Haus zu, das ich vor fast einem Jahr gekauft, in dem ich aber nicht einmal zwei Wochen geschlafen hatte. Jacob saß im Bett und sah einen Cowboyfilm im Fernsehen, während Simon neben ihm schlief. Im Zimmer nebenan brannte eine Kerze hinter einem Zellophanschirm und beleuchtete die nackten Rücken von Madas und Suzanne. Er hatte die Beine im Lotossitz übereinandergeschlagen, und sie saß auf ihm, das Gesicht ihm zugewandt, die Beine gespreizt und um seinen Körper geschlungen. Die beiden hatten die Augen geschlossen. Ich fragte mich, ob das eine von jenen tibetanischen Positionen war, von denen ich mal gelesen hatte und mit denen die Tantris-Priester angeblich stundenlang ihre Erektionen beibehalten konnten. Ich stand einen Augenblick lang da und sah zu, wie sich die beiden ihrer sexuellen Trance hingaben. Hatte ich gedacht, Suzanne sei allein und warte nur darauf, daß ich zu ihr komme?

Als ich zu Hause war, rauchte ich noch einen Joint und kroch dann ins Bett. Ich lag auf dem Rücken und dachte an Lila Shea in den alten Tagen in Berkeley, wie wir es mal auf einem Meskalin-Trip in einem Eukalyptuswäldchen im Tilden Park getrieben hatten. Aber es half nichts. Ich sah wieder Suzanne und Madas vor mir, und die Kinder im Zimmer nebenan, vor dem Fernseher...

Doch dann sah ich Alora, nackt am Strand von Yukatan, eine Dschungelorchidee hinter dem Ohr, wie sie sich über mich beugte, und ich fühlte mich eine Weile ein wenig besser.

16

»Keine Fingerabdrücke«, sagte der Büroangestellte, und seine Stimme quiekte. Er stand über mir auf einem Hocker hinter der Theke im Büro des Coroners, und die untere Hälfte seines Kiefers verzog sich zu einem pflaumenweichen Grinsen.

»Warum nicht?«

»Was soll ich sagen? Es gibt eben keine.«

»Und — Röntgenbilder?«

»Haben wir auch nicht.«

»Was heißt, Sie haben sie nicht?«

»Glauben Sie, wir heben die Röntgenbilder von jedem einzelnen Fall auf, der hier durchläuft?« Er drohte mir mit seinem Zeigefinger wie ein Lehrer, der die Klasse tadelt. »Die Verhandlung fand vor über zwei Jahren statt. Aber selbst wenn wir sie hätten, dürften Sie sie ja doch nicht einsehen.«

»Aber sie wurden sogar in der Zeitung erwähnt.«

»Na und?« schnauzte der Mann, kam von seinem Hocker herunter und schob die Akte, die er geholt hatte, auf die andere Seite der Theke, aus meiner Reichweite. Von vorn sah er aus wie eine von den Anzeigen für preiswerte Kleidung: eine komplette Garderobe für 89,95 Dollar. Dabei war auch noch alles in den Farben aufeinander abgestimmt: ein limonengrünes Hemd, eine herbstbraune Hose und eine gelbe Krawatte. Dennoch sah es ziemlich billig und nicht sehr haltbar aus — so, als könnte man an einem Faden seiner Hose ziehen, und er stünde in der Unterhose da. »Und jetzt wollen Sie mich bitte entschuldigen, Sie stehlen dem County wertvolle Zeit.«

»Ach, wirklich?« sagte ich und beugte mich über die Theke auf die Akte zu. »Darf ich da mal reinschauen?«

»Auf keinen Fall. Das wäre gegen die Gesetze.«

»Die Gesetze des County? Aber es ist doch schon zehn Uhr!«

Ich deutete auf die Wand hinter ihm. Der Büroangestellte schaute mich verwirrt an. Er drehte sich um und blickte in die Richtung, in der ich deutete. Als er mir voll den Rücken zugewandt hatte, langte ich ihm über die Schulter und packte ihn an seiner hübschen gelben Krawatte, riß sie nach hinten. Er hustete erstickt.

»Eine Bewegung, und Sie haben Ihren Adamsapfel oben auf der Nase!«

»He!« stammelte er mühsam.

Ich drehte die Krawatte um neunzig Grad nach links und langte zugleich nach der Akte.

»Tut mir leid, wenn ich die Gesetze des Countys brechen muß«, sagte ich und schlug die Akte auf. »Dabei hatte ich bisher immer einen Riesenrespekt vor den Behörden.«

Ich schaute hinunter auf den Bericht des Coroners und las ihn diagonal durch nach Informationen, die meiner Arbeit nützlich sein konnten. Procari junior hatte in den Sunset Hills gewohnt, nicht weit von Isabel La Fontana entfernt, und er war zum Zeitpunkt seines Todes einunddreißig Jahre alt. Er war einssiebenundsiebzig groß, hatte braunes Haar, braune Augen und eine lange Narbe an seinem rechten Schenkel aus der Kinderzeit. Es gab ein Foto von ihm in einem Satanskultgewand, auf dem er aussah wie in einem alten Conrad-Veidt-Film. Auf der nächsten Seite war eine Umrißzeichnung der sterblichen Überreste mit einer Erläuterung des untersuchenden Arztes. Die Knochen selbst waren stark angesengt, als sei der Körper bereits fast völlig verbrannt gewesen, ehe das Fahrzeug auf das Wasser aufschlug — ein höchst bemerkenswerter Fall, wie der Arzt zugeben mußte. Ein Gerichtsmediziner, Dr. Adrian Wincorn, war um Konsultation gebeten worden. Dr. Wincorn erklärte, der Wagen müsse mindestens zweihundert Meter vor der Kurve explodiert sein, nach den schweren Verbrennungen zu schließen. Vielleicht eine fehlerhafte Benzinleitung in den kostbaren Innereien des Maserati. Oder ein bewußter Selbstmord, wenn man dem Vater Glauben schenken wollte.

»Ummmph!« Der Büroangestellte wollte um Hilfe rufen.

»Halt's Maul.«

Die Unterschrift am Ende der Seite bestätigte, daß die sterblichen Überreste Dr. Wincorn zu einer weiteren Untersuchung übergeben worden waren, aber der Rückgabevermerk fehlte.

»Nun, wie erklären Sie ein solches Versehen?« fragte ich den Büroangestellten, ohne ihm die Chance einer Antwort zu geben. »Ist das nicht auch gegen die Gesetze des County? Sie sind anscheinend mit Ihrer Arbeit nicht ganz auf dem laufenden.« Ich lockerte meinen Griff, und der Angestellte taumelte rückwärts in die Kopiermaschine. »Scheußlich, der Gedanke, daß nicht einmal die von uns gewählten und bezahlten Volksvertreter auf dem laufenden sind. Das stützt nicht gerade das Vertrauen der Leute.«

Ich sah die Adresse unter Wincorns Namen genau an: N. Cranberry Drive 147. Dann schubste ich die Akte über die Theke.

N. Cranberry Drive 147 war ein typisches Beverly-Hills-›Ärzte-Haus‹: ein Glaswürfel über einem fünfstöckigen unterirdischen Parkhaus, mit Aufzügen, die durch Wärmekontakt gesteuert wurden und Pastellzeichnungen Pariser Szenen an den Wänden der Kabinen hatten. Im Erdgeschoß gab es eine besonders teure Apotheke und eine Empfangsdame mit einem Auge für passende Patienten, das nur mit dem des führenden *Maître d'* von Los Angeles zu vergleichen war. Ich drückte mich an ihr vorbei und studierte die silbernen Schriften auf Samtgrund, die die Namen und Praxen der hier arbeitenden Ärzte verrieten. Dr. Wincorns Name war nicht darunter.

Ich ging zurück zur Empfangsdame.

»Hat nicht ein Doktor Adrian Wincorn seine Praxis hier?« fragte ich sie.

»Doktor Wincorn ist nicht mehr bei uns.«

»Warum nicht?«

»Doktor Wincorns Tätigkeit als Arzt paßte nicht in dieses Haus.«

»Ich verstehe. Und wo ist Doktor Wincorn jetzt?«

»Ich habe keine Ahnung.«

Sie wandte sich von mir ab und befaßte sich mit einer Matrone, die in eine Nerzstola gewickelt war. Keine Ahnung, von wegen. Ich ging hinüber in die Apotheke und blieb vor einer jungen schwarzen Verkäuferin stehen, die mich hinter einer Reklametafel angrinste.

»Arbeiten Sie schon lange hier?«

»Drei Jahre.«

»Erinnern Sie sich an einen Doktor Wincorn?«

»Wincorn . . . Wincorn . . .«, sie nahm ein Fläschchen Noxema und stellte es auf das Regal. »Lassen Sie bloß die Finger von dem. Der ist ein richtiger Schlachter.«

»Ich wollte ihn nicht wegen einer Krankheit besuchen.«

»Oder Ihre Freundin — für die gilt das gleiche.«

»Wie kann ich ihn finden?«

»Sie brauchen wohl einen Kurpfuscher, was? Er ist in der Klinik für Selbstbestimmung, wenn die überhaupt noch existiert.«

»Wo ist das?«

»Drüben am Flughafen.«

›Drüben am Flughafen‹ war genau die richtige Auskunft. Ich fand die ›Klinik für Selbstbestimmung‹ in einer kleinen Straße beim Century Boulevard, etwa zwanzig Meter von der Haupteinflugschneise entfernt. Das Haus duckte sich zwischen einem Hangar und dem Marmor-Chrom-Bürohaus eines internationalen Autoverleihs. Eine niedrig fliegende 747 ließ die Fensterscheiben erzittern, als ich vor dem Haupteingang stand. Das Geräusch war ohrenbetäubend. Ich ging um das Haus herum, um es mir genauer anzusehen. Die Jalousien waren überall heruntergelassen und mit pastellfarbenen Regenbogensymbolen bemalt. An der Hintertür war ein Schild mit aufgemalten Blumen und dem Text ›Eingang nur für Patienten‹. Während ich davorstand, hielt ein Dodge-Lieferwagen an, gefahren von einem untersetzten Mann mit Cowboyhut und dunkler Sonnenbrille. Eine Krankenschwester stieg aus, gefolgt von zwei jungen Mädchen, die um die sechzehn sein mußten. Sie sahen verängstigt drein und hatten Reisetaschen bei sich, die eine kariert, die andere grau. Auf der einen war ein Aufkleber mit der Schrift ›Tulsa High Boosters '76‹ und einer Ölquelle im Hintergrund.

»Glauben Sie, daß es in Ordnung geht?« fragte sie.

»Ich weiß es nicht, Miss Henderson. Nur Bargeld oder Barschecks.« Die Schwester schüttelte den Kopf und ging dann zum Fahrer, um ihm einen neuen Auftrag zu geben. »Jane Ellen Larkin. United, Flug Nummer einunddreißig aus Salt Lake.«

Er nickte und fuhr davon.

Die Krankenschwester wandte sich mir zu.

»Kann ich Ihnen behilflich sein?«

»Ich möchte mit Doktor Wincorn sprechen. Ich komme vom Büro des Coroners.«

Die Schwester lief rot an.

Fünf Minuten später saß ich in Wincorns Büro. Der Doktor bereitete gerade eine ausführliche Rechtfertigung vor, als eine landende 747 jedes Gespräch unmöglich machte.

»Hören Sie«, sagte er, als sie vorbei war, »ich weiß nicht, worum es geht, aber dies ist ein gesetzlich zugelassenes Geschäft. Abtreibung ist legal im Staat Kalifornien, wenn sie mindestens durch zwei Ärzte genehmigt wird — oder wissen Sie das nicht?« Er deutete auf seine Klinik-Konzession im Goldrahmen.

»Ich bin nicht hier, um Ihr Recht auf Abtreibung in Frage zu stellen, Doktor.«

»Durch das Fenster sah ich, wie der Lieferwagen schon wieder in den Hof fuhr und die nächste Patientin ablieferte. Schnelle Arbeit. Ein junges Mädchen in einem pastellfarbenen Regenmantel stieg in den Wagen und wurde zurück auf den Flughafen gefahren.

»Unsere Preise sind anständig. Hundertfünfundsiebzig Dollar für eine Absaugung und zweihundertfünfundachtzig, wenn eine Operation dazukommt. Einschließlich Service, bei dem die Mädchen mit dem Wagen vom Flugplatz abgeholt werden und noch am selben Tag wieder zu Hause sein können, damit ihre Freunde drüben in Iowa, oder weiß Gott wo, nicht das geringste merken.«

»Ich sagte Ihnen schon, daß ich mich nicht für Ihre Abtreibungen interessiere.«

»Was wollen Sie denn dann?« Wincorn schaute mich ausdruckslos an, aber in seiner Stimme lag ein drohender Unterton. Er war ein kräftiger Mann mit dem trainierten Körper eines Dreiundzwanzigjährigen, aber das Gesicht mit den Falten wirkte wesentlich älter, vermutlich Mitte Vierzig. Er mußte viel Zeit mit Sport verbringen.

»Ich interessiere mich für den Fall Procari.«

»Den — was?«

»Den Fall Procari.«

»Ich weiß nicht, wovon Sie reden.«

»Kommen Sie, Doktor. Denken Sie nach. Es ist nur zwei Jahre her.« Wincorn schüttelte den Kopf. Wieder landete eine Maschine, und ich wartete, bis ich weiterreden konnte. »Ein einunddreißigjähriger Mann ist mit einem Maserati von der Totenkurve in den Ozean gestürzt. Sie wissen doch. Schließlich steht Ihr Name auf dem Bericht des Coroners.«

»Ach?«

»Sie haben durch Unterschrift bestätigt, daß Sie die Beweisstücke des Verunglückten erhielten, für eine weitere Untersuchung im Labor. Aber Sie haben diese Beweisstücke nie zurückgebracht.«

»Was denn für Beweisstücke?«

»Ein paar Knochenreste, die offenbar von dem Toten stammten. Fragt sich nur, ob sie wirklich von *diesem* Toten stammten. Es sei denn, es handelte sich um Tierknochen.«

»Ich habe nicht die leiseste Idee, wovon Sie reden.«

»Nein, wirklich nicht? Hören Sie, Wincorn, Sie haben hier ein lukratives Geschäft aufgebaut. Ich bin sicher, Sie dezimieren den Nachwuchs mehr als alle sozialen Geburtenplanungs-Kliniken zusammengenommen.«

»Und?«

»Sie werden doch nicht das alles aufs Spiel setzen wollen, nur wegen einer kleinen Schlamperei in einem Bericht des Coroners, einem lächerlichen Versehen, von dem Sie und ich wissen, daß es der einzige Fehltritt in einer ansonsten makellosen Arztkarriere war.«

»Hören Sie, Mann, ich glaube Ihnen zwar nicht, daß Sie wirklich zum Büro des Coroners gehören, aber wer Sie auch sind —«

»Wer ich auch bin — ich kann die zuständigen Behörden in Kenntnis setzen.«

Wincorn lehnte sich in seinem Sessel zurück. »Ja.«

»Aber ich versichere Ihnen, Doktor, ich habe nicht das geringste Interesse an Ihrer Person. Was ich brauche, ist nichts weiter als eine bestimmte Information.«

»Was für eine?«

»Sagen Sie mir, was Sie über den Tod von Procari wissen, und ich lasse Sie in Frieden. Wenn nicht, können Sie Ihrer Klinik für Selbstbestimmung Lebewohl sagen, zusammen mit der Zulassung als Arzt im Staat Kalifornien.«

Die Krankenschwester streckte den Kopf durch den Türspalt. »Sie werden im OP verlangt, Doktor.«

»Was ist mit diesen Knochen geschehen, Wincorn?«

»Sagen Sie ihnen, sie sollen warten«, erklärte er der Krankenschwester. Sie schloß die Tür. Der Doktor schwitzte heftig.

»Ich weiß es nicht. Ich habe sie nie gesehen.«

»Was soll das heißen — Sie haben sie nie gesehen?«

»Sie wurden mir in einer schwarzen Schachtel im Büro des Coroners ausgehändigt, und ich habe sie bei einem Mann an der Tankstelle Ecke Sunset und Alvarado abgegeben. Ich habe nie hineingeschaut.«

»Wer war der Mann?«

»Ich habe ihn nur einmal gesehen. Er gab mir fünftausend Dollar und verschwand mit der Schachtel.«

»Wer war der Mann, Wincorn?«

»Ein Mann in einem Dacron-Anzug, hellgrau.«

»Wie hieß er?«

Der Doktor langte in sein Schreibtischfach und zog ein steriles Gazepolster heraus, öffnete die Plastiktüte und wischte sich die Stirn ab.

»Wenn ich es Ihnen sage, bringen sie mich um.«

»Wenn Sie es mir nicht sagen, steht demnächst eine Menge Abtreibungsgerät auf der Versteigerungsliste. Wie heißt der Mann? Sie können mir vertrauen, Wincorn.«

»Jonas«, sagte er. »Phil Jonas.«

»Wir wollen Hawthorne! Wir wollen Hawthorne! Wir wollen Hawthorne!«

Scheinwerfer auf dem Wilshire Boulevard. Der Verkehr auf der ›Wundermeile‹ gesperrt. Fernsehkameras. Transparente. Würdenträger. Leute. Das Drum und Dran, der Gestank der großen Politik.

Ich stand in einer Garageneinfahrt gegenüber Hawthornes Hauptquartier, wo Sugars mir zu warten befohlen hatte. Und nicht wegzugehen, unter keinen Umständen. Er war momentan beschäftigt, aber er wollte mit mir reden. Unbedingt. Nachdem die Leute den Kandidaten gesehen hätten . . .

Ich lehnte mich gegen die Mauer und beobachte, die Schau. Eine sauber geschrubbte, keimfreie, schwarze Gruppe, die sich die ›Unglaublichen‹ nannte, sang Lieder über Hawthorne, als sei er der Gott aus der Maschine. Sie trugen Pullover mit dem Emblem der Demokraten und rot-weiß-blaue Strohhüte auf ihren diskret geschnittenen Naturlocken. Ein orientalisches Mädchen in einem Minirock tanzte gezügelt Go-go vor ihnen, und darüber bewachte ein Trio von Sicherheitsbeamten die Szene vom Dach des Hauptquartiers aus. Die Menge war dicht und erstreckte sich auf dem Wilshire bis zur Commonwealth Avenue auf der einen und bis zur Ecke Sixth Street auf der anderen Seite. Es schien, als würde jedermann heute abend die Kampagne Hawthornes unterstützen.

Die Gruppe sang jetzt eine Soulfassung von ›This Land Is Your Land‹, und dann trat der Kandidat heraus, flankiert von seiner Frau, einem Stadtrat und einem lokalen schwarzen Footballhelden. Es war das erste Mal, daß ich Hawthorne in Fleisch und Blut sah, und ich beobachtete ihn sehr genau. Er schien nicht für eine solche Massenveranstaltung geeignet zu sein. Unter normalen Bedingungen wäre er vermutlich ebenso charismatisch gewesen wie mein Onkel Sid, ein pensionierter Versicherungsagent in Larchmont, New York; aber durch all die Aufmerksamkeit, die ihm zuteil wurde, das Fernsehen und die Scheinwerfer, hatte sich dieser höflich-bescheiden wirkende Mann in einen Superstar verwandelt. Der Footballheld neben ihm sah da fast lächerlich und kindisch aus in seinem Veloursakko und mit den zu langen Koteletten.

Die Gruppe beendete ihren Song, und man spielte eine Fanfare. Als der Kandidat zu den Mikrofonen schritt, kam Sugars an meine Seite. Der Eierkopf-Knabe war wie aufgedreht, redete dauernd mit sich selbst und schmetterte sich eine Faust gegen die andere Handfläche.

»Folgen Sie mir«, sagte er.

Wir gingen durch die Garage zum Dienstaufgang und fuhren

damit in den ersten Stock, schritten dann durch einen Korridor zu den Büros. Die Räume waren leer. Jeder war unten, um den Kandidaten zu hören. In den Aschenbechern glommen noch die Zigaretten. Auf den Tischen waren Papiere verstreut, Farbstifte lagen darüber. Alles sah so aus, als sei es mitten in der Arbeit verlassen worden.

Am Ende der Reihe von Büros nahm Sugars einen Schlüsselbund aus der Tasche und sperrte eine Bürotür auf, öffnete sie für mich. Im Gegensatz zu den anderen Büros war es hier erstaunlich aufgeräumt — oder besser leer, als hätte man alles außer den Möbeln mit einem Riesenstaubsauger weggesogen.

»Verschwunden«, sagte er.

»Seit wann?«

»Seit gestern.« Sugars zog die Schubladen des Schreibtischs auf. Leer. Das Nachrichtenbrett: leer. »Nichts. Aufgeräumt. Wir versuchten es bei ihm zu Hause, überall. Niemand weiß, wo er ist . . . Warum haben Sie es mir eigentlich nicht früher gesagt?«

»Weil ich meiner Sache noch nicht sicher war.«

»Er ist ein Spion für Dillworthy, nicht wahr?«

»Ich weiß es nicht.«

»Sie wissen es nicht? Mein Gott!«

Ich drehte mich um und schaute hinaus durch das Fenster. Von hier aus hatte man eine hervorragende Sicht auf den Kandidaten, der sich ziemlich genau in der Mitte zwischen dem Fenster und der Straße befand. Es schien, als könnten wir hinauslangen und seine Schultern berühren. Hawthorne erhob gerade die Hände, um die Hochrufe seiner Bewunderer zu dämpfen, aber die Menschen waren nicht mehr zu bändigen. Wieder setzte der Sprechchor ein: »Wir wollen Hawthorne. Wir wollen Hawthorne!« Sugars zupfte mich am Arm.

»Können Sie ihn finden?«

»Ich bin nicht sicher.«

»Was heißt das, Sie sind nicht sicher? Das ist doch Ihr Beruf, oder? Sie sind Detektiv und müssen Leute finden können.«

»Ich hätte auch gedacht, daß es Ihr Beruf ist, zumindest die wichtigsten Mitarbeiter der Kampagne auf Herz und Nieren zu durchleuchten. Wie kommt es da, daß er County-Koordinator von Los Angeles werden konnte?«

»Es gibt so viel zu tun. Man kann nicht alles nachprüfen.«

»Das sagt mir wenig.«

Das junge Genie zuckte mit den Schultern. »Vor neun Monaten ist er in unser Büro in Hollywood gekommen. Hawthorne war damals noch eine komplette Null. Wir brauchten alle Hilfe, die wir bekommen konnten. Und er hat wie ein Besessener gearbeitet. Tag und Nacht.«

»Als was hat er sich eigentlich ausgegeben?«

»Als ehemaligen Sozialarbeiter. Er kam angeblich aus Springfield in Missouri. War den Mittelwesten satt und kam hierher, um uns bei der Kampagne zu helfen. Das haben wir überprüft. Es gibt einen Sam Sebastian aus Springfield.«

»Gab.«

»Gab?«

»Ein alter Gaunertrick. Die einfachste Weise, eine neue Identität anzunehmen. Such dir jemanden, der vor kurzem gestorben ist und auf den deine Beschreibung einigermaßen zutrifft: Haar, Augen, Größe, Alter. Laß dir eine Fotokopie seiner Geburtsurkunde geben. Besorg dir damit einen Job, und du hast die passende Sozialversicherungskarte und alles, was du brauchst.«

Sugars strich sich über die fetten Wangen. »Wenn er nicht Sebastian ist — wer ist er denn dann?«

»Vielleicht ein Mann namens Oscar Procari junior. Es sieht zumindest danach aus.«

»Wer ist das?«

»Ein Satanist, der sich selbst aus Yale geschmissen hat.«

»Ein — *was*? Ich dachte, Sie suchen Howard Eppis.«

»Ich bin natürlich nicht sicher. Aber wenn er schon nicht Procari selbst ist, dann muß er mit ihm in irgendeiner Beziehung stehen.«

»Und was ist mit der Drohung? Ist die echt?«

»Es wäre möglich. Nach einem Brief, den mir Sebastian — oder Procari — zeigte, wird Eppis am einunddreißigsten Mai eine Schnellstraße in die Luft gehen lassen, um damit seine Liebe und Anhänglichkeit zu Senator Hawthorne unter Beweis zu stellen.«

»Das ist übermorgen.«

Ich nickte.

»Mein Gott!« Sugars ließ sich in den dick gepolsterten Schreibtischsessel sinken. »Ich wußte nicht, daß er vorhat, eine Schnellstraße in die Luft gehen zu lassen.« Er steckte sich eine seiner angeberischen Zigarren in den Mund und versuchte sie anzuzünden, aber sein Feuerzeug funktionierte nicht. »Scheiß! . . . Ich verstehe das nicht. Wieso hat Sebastian Ihnen den Brief gezeigt? Warum würde er so etwas tun, wenn er einer von den Verschwörern ist?«

»Das weiß ich auch nicht.«

»Meinen Sie, wir sollen die Polizei verständigen?«

»Das ist Ihre Sache.«

»Jesus Christus.« Er versuchte noch einmal, die Zigarre anzuzünden, dann warf er sie angeekelt in den Papierkorb. Im Licht einer fluoreszierenden Glühbirne sah er jung aus. Sehr jung. Neunzehn Jahre alt. Hinter ihm hatte Hawthorne begonnen, über die Wohlfahrtsreform zu reden, und seine Stimme drang durch das Glas des Fensters. Die Rede rief nicht allzuviel Begeisterung hervor, obwohl die Vorschläge allesamt recht vernünftig klangen. Sugars schob eine Schublade erst auf, dann wieder zu, ehe er weitersprach. »Wir könnten sie verständigen . . . Ich meine, wir könnten die Polizei benachrichtigen, aber dann würde es so oder so an die Öffentlichkeit dringen. Radikale, terroristische Saboteure unterstützen Hawthornes Kampagne. Stellen Sie sich vor, was die Presse daraus machen würde. Und das schon, wenn wir voraussetzen, daß die Polizei das Schlimmste verhindern kann.« Er stand auf und ging zum Papierkorb, nahm einen kleinen Zettel heraus. Er war unbeschrieben. »Die Glaubwürdigkeit des Kandidaten wäre total ruiniert. Es wäre vorbei, es sei denn . . . Ja, es sei denn, wir könnten das alles Dillworthy anhängen.« Der jugendliche Eierkopf lächelte über seine Klugheit, die ihn eine Lösung hatte finden lassen. Nur mein Stirnrunzeln entmutigte ihn wieder ein wenig. »Was sollten wir denn Ihrer Meinung nach tun?« fragte er, und seine Stimme klang plötzlich bescheiden und fast kindlich. Ich kam mir unwohl vor in meiner Machtposition, unwohl, Schicksal spielen zu müssen bei einem so wichtigen Mann wie Hawthorne, was immer ich von ihm halten mochte.

Ich schaute durch das Fenster hinaus auf den Senator. Von hinten sahen seine Gesten seltsam aus. Seine Bewegungen wirkten alle gezwungen, als hätte er sie mit dem Rhetorikbuch vor dem Spiegel eingeübt. Er betonte bestimmte Passagen seiner Rede mit der programmierten Begeisterung eines Hochschuldebattierers.

»Was sollen wir denn tun?« wiederholte Sugars, aber ich legte den Finger auf die Lippen. Jemand ging durch das Büro nebenan. Kam dann ins Vorzimmer. Die Schritte näherten sich Sebastians Büro. Ein Mann mit einer unmißverständlichen Ausbuchtung seiner Manteltasche erschien in der Tür. Er zog einen Smith & Wesson heraus, zielte damit auf uns und holte gleichzeitig mit der Linken seine Brieftasche mit dem Dienstausweis heraus.

»Secret Service. Was habt ihr hier zu suchen?«

»He, stecken Sie das Ding weg!« sagte Sugars. »Wir gehören zur Kampagne.«

Der Agent sah uns argwöhnisch an. »Das kann jeder sagen. Ich brauche eine Identifikation.« Er tastete uns beide nach Waffen ab. Dann trat er ans Fenster. »Sie wissen vermutlich, daß Sie den Kandidaten von hier aus mit einem Blasrohr abschießen könnten.« Er zielte mit seinem Revolver auf Hawthornes Nakken, und einen Augenblick lang sah es so aus, als würde er das selbst erledigen.

Sugars knallte seinen Ausweis auf den Schreibtisch. »Nate Sugars, Direktor der Abteilung Öffentlichkeitsarbeit, Kampagne ›Hawthorne wird Präsident‹.« Der Secret-Service-Agent beugte sich darüber und verglich Sugars' Foto mit dem Gesicht des Mannes.

»Und wer ist er?« fragte er und nickte in meine Richtung.

»Der ist okay«, sagte Sugars. »Er arbeitet mit mir zusammen.«

Der Agent brummte etwas Unverständliches und ging zur Tür. »Aber geht nicht zu nah ans Fenster, klar?«

17

»Jonas«, sagte ich. »Phil Jonas.«

Es war kurz vor zwölf, und ich stand in einer Telefonzelle gegenüber Ralphs Market an der Ecke Vermont und Third Street.

»Sagt mir nichts . . . Warum mußt du mich mitten in der Nacht deswegen anrufen, Moses?«

»Weil es nicht Zeit hat bis morgen früh. Denk nach: Jonas, Phil Jonas.«

»Ich denke ja.«

Ich trommelte mit den Fingern auf die Wand der Telefonzelle.

»... es kommt nichts dabei heraus.«

»Ich dachte, du kennst jeden Gauner in Kalifornien und Nevada.«

»Hör zu, Moses, ich ruf' dich morgen früh an. Aber ich brauche den Vormittag, um alles auszuklamüsern.«

»Ich gebe dir eine Stunde, Katz. Ruf mich zu Hause an. Du hast meine Nummer.«

Ich hängte ein und fuhr heim.

Später saß ich auf der Bettkante und hörte mir ›Stimmen der anderen‹ an, erst Luis Vazquez, dann Howard Eppis. Und dann noch einmal. Vazquez sprach ruhig vom Leben in den Einwandererlagern und dem Entstehen seines Theaters, den ersten Reisen nach Tierra Amarilla und San José zur Fiesta de las Rosas. Er kam mir vor wie ein guter Mensch, aber irgendwie entrückt, unerreichbar, wie so viele echte Revolutionäre. Eine Massenbewegung war wichtiger als irgendwelche persönliche Beziehungen.

Eppis' Stimme dagegen faszinierte mich. Sein Tonfall schien sich in den letzten vier Jahren geändert zu haben, tiefer geworden zu sein. Die Intonation war freilich dieselbe, fast identisch, aber seine Stimme klang eine Oktave tiefer — oder mindestens eine Quint. Vielleicht kam das vom Telefon. Aber es war auch möglich, daß Earl die Stimmlage auf der Platte verändert hatte, aus welchen Gründen auch immer.

Wieder hörte ich ihm zu.

Howards Rede war aus heutiger Sicht fast rührend. Ihr Inhalt war mager, und die damals noch fast unaussprechlichen Wörter waren inzwischen alles andere als schockierend. Aber auch damals, 1968, konnte man so etwas durchaus schon sagen, ohne daß die Zuhörer in Ohnmacht fielen. Es klang so, als hätte er die Rede nur gehalten, um seine Großmutter zu ärgern. Aber die Stimme war doch anders. Schrill und aufgeregt, eine Kreuzung aus Smokey Robinson und Leon Trotzki, mit einem Hauch von Eddie Cantor.

Das Telefon klingelte, und ich schaltete den Plattenspieler ab. Es war Marty Katz, mein Freund bei der Staatsanwaltschaft von Las Vegas.

»Du hast mich mit deiner Frage wirklich auf die Scheißliste von Nevada gesetzt, mußt du wissen.«

»Tut mir leid.«

»Dies hier ist vielleicht eine Stadt, die vierundzwanzig Stunden geöffnet ist, aber du kannst trotzdem nicht um ein Uhr morgens herumtelefonieren, ohne mehr Fälle von *Coitus interruptus* hervorzurufen, als die beiden letzten Päpste das gemeinsam geschafft haben.«

»Wirklich, eine Schande«, sagte ich.

»Genau das ist es. Und wie war der Name von dem Joker, den du haben willst?«

»Jonas, Phil Jonas.«

»Ja, richtig.«

Langes Schweigen.

»Komm schon, was ist mit ihm?« fragte ich.

»Es gibt zwei Ganoven, die unter dem Namen Phil Jonas reisen. Einer davon befaßt sich mit Glücksspiel und Prostitution, der andere mit Prostitution und Glücksspiel. Und sie sind beide blond und Mitte Dreißig.«

»Welche Augenfarbe?«

»Wine, ich wecke hier die Leute auf, mitten in der Nacht. Glaubst du, ich kann sie auch noch nach den Einzelheiten fragen? Ob er vielleicht ein Grübchen hat am Kinn? Oder ein erdbeerfarbenes Muttermal auf der linken Hinterbacke?«

»Mein Mann hat blaue Augen.«

»Na schön — wie fast jede Oben-ohne-Tänzerin in Las Vegas. Weißt du, was? Komm doch selbst her und such ihn dir aus. Der Mann, den du als ersten sprechen solltest, ist Alfred Craw im Palm Casino in Tonopah.«

»Tonopah?«

»Genau. Tonopah. Aber sag ihm nicht, wer dich geschickt hat.«

»Na schön.« Ich wollte schon auflegen.

»Ja, und — äh — Wine, das, was ich von den zwei Jonasen gesagt habe, war natürlich Quatsch, klar? Es gibt nur einen, und der riecht ziemlich nach Mord.«

Das Palm Casino in Tonopah. Ich erinnerte mich an das Pißpott-Nest in der Mitte des Staates Nevada, etwa dreihundert Meilen östlich von San Francisco, in der Gegend der alten Silberminen; es gab dort ein paar Tankstellen, eine Bar und eine Auslieferungsstelle des Versandhauses Sears. Tonopah hatte bestimmt nicht mehr als zweitausend Einwohner, obwohl es der wichtigste Lastwagenstopp war zwischen Las Vegas und Reno. Aber wer lebte schon in Nevada außerhalb der beiden Spielstädte, abgesehen von ein paar Cowboys und ein paar Kernforschern? Das Palm Casino in Tonopah. Neun Stunden Fahrt, wenn man die Route über Barstow wählte, vielleicht sieben, wenn ich die 395 durch Lone Pine und Bishop nahm. Eine ganz schöne Strecke. Eine lächerliche Fahrt, wirklich.

Ich kippte etwas Kaffee hinunter und ging hinaus. Es war fast zwei Uhr morgens, und dunkle Wolken verhüllten den Mond. Der Buick parkte am Ende der Einfahrt neben Jacobs rotem Spielauto. Ich wischte den Tau vom Rückfenster des Buick. Dann stieg ich ein und schaltete die Zündung ein. Es dauerte eine Weile, bis der Anlasser faßte.

Vier Stunden später war ich in einer Alkalisenke und fuhr durch Wüste, der Morgendämmerung entgegen. Ich hatte bereits die Staatsgrenze zurückgelassen. Hinter den Piñonbäumen stieg eine orangefarbene Sonne hoch. Ich klappte die Sonnenblende herunter und fuhr an der Flanke einer Mesa entlang, trieb die alte Kiste auf achtzig. Drehte am Einstellknopf des Radios und versuchte, ein halbwegs brauchbares Programm zu finden, das nicht nur Viehpreise und Morgenandachten ausstrahlte. Ich erfuhr, daß ich für 5.95 $ eine garantiert langspielende Langspielplatte mit Arthur C. T. Stevens bekommen konnte, der mit dem Chor des Staates Süd-Utah Ausschnitte aus dem Evangelium rezitierte. Eine Station aus Castroville, Kalifornien, ließ mich wissen, daß der Preis für Avocados wieder im Fallen war und nur noch 4.87 $ pro Scheffel betrug. Ich schaltete das Radio ab und drückte das Gaspedal durch. Vielleicht schaffte ich so noch zusätzliche fünf Meilen pro Stunde.

Genau um 8.30 Uhr war ich bei der Tankstelle an der Kreuzung der Highway Nummer 6 und der 626 in Tonopah. Mein Rücken tat weh, und meine Lider waren staubverklebt. Ich ließ mich einen Augenblick lang zurücksinken, ehe ich mich wieder wachrüttelte und in das Büro der Tankstelle marschierte. Der Tankwart warf mir einen argwöhnischen Blick zu, als ich ohne ein Wort an ihm vorbeiging und den Schlüssel zur Toilette von einem Schlüsselbrett nahm. Im Toilettenspiegel wurde mir bewußt, wie seltsam ich hier in Tonopah wirken mußte. Mein Haar war zu lang für hier, und die Nähte mit rotem Faden an meiner Jacke waren vermutlich selbst bei einem Rodeo deplaziert. Ich kämmte mein Haar und klebte es mit Wasser fest, dann ging ich hinaus auf die Hauptstraße. Es gab etwa ein Dutzend Häuser in diesem Block, aber keines sah aus wie ein Casino, also ging ich über die Straße in Thompson's Café auf ein ländliches Frühstück. Die Luft war sauber und frisch. In der Ferne sah ich die Überreste einer verlassenen Mine an einem der Berghänge.

Thompson's Café war ein einfaches Steinhaus mit einer Wand aus leeren Bierdosen, die man, wie in der Wüste üblich, zusammenzementiert hatte. An der Tür war ein versilbertes Hufeisen angebracht. Als ich hineinging, sah ich einen Cowboy, der mit einer breitschultrigen Indianerin in einem Gingang-Kleid scherzte. In der einen Ecke stand ein Spielautomat neben der Musikbox, die gerade einen Ferlin-Husky-Song spielte. Ich setzte mich ans Ende der Theke und bestellte Kaffee. Die Frau brachte ihn mir in einem Glasbecher mit Strohbespannung.

»Aus L.A?« fragte sie und betrachtete mich eingehend.

»Ja.«

»Sieht man. Aus welcher Gegend da?«

»Ich wohne nicht weit vom Zentrum.«

»Downtown? Ich hab' in Lincoln Heights gewohnt. Kennen Sie Lincoln Heights?«

»Mh—mh.«

»Thompson ist überall gewesen«, sagte der Cowboy. »Sie ist aus Alaska. Aber sie ist auch in England gewesen. Nicht wahr, du warst auch in England, Thompson?«

»Das stimmt, Charlie.«

»Sie ist auch mit 'nem Engländer verheiratet«, fuhr der Cowboy fort. Er erinnerte mich an Neal Cassidy. »Das erste Mal, daß ich so was höre: ein Engländer, der mit einer Indianerin verheiratet ist. So was ist doch zum Nachdenken.«

»Ich suche das Palm Casino«, sagte ich. »Aber anscheinend ist es nicht an der Hauptstraße.«

»O doch, und wie es an der Hauptstraße ist!«

Der Cowboy lächelte Mrs. Thompson an. Einer seiner Schneidezähne fehlte. Die Frau langte unter die Theke und schaltete eine grüne Neonschrift mit den Buchstaben ›Palm Casino‹ an. Es hing an der Wand über der Tür an einer Metallstange. Das P und das C waren Palmwedeln nachgebildet. »Hier ist es«, sagte sie. »Zwischen neun und drei Uhr nachts. Tagsüber ist das hier Thompson's Café.«

»An der Eingangstür haben Sie auch eine Leuchtschrift«, sagte der Cowboy.

»Und was für Spiele werden hier gespielt? Würfel? Blackjack?«

Der Cowboy lachte. »Nein, natürlich nicht. Ich hab' hier drin noch nie 'nen Würfel gesehen, was, Thompson?«

Die Indianerin schüttelte den Kopf.

»Thompson und ich, wir kommen nicht oft abends hierher. Dazu braucht man schon einen Rolls-Royce.«

»Reiche Leute?«

»Phh!« Der Cowboy zupfte an seinem Stetson, um es zu unterstreichen. »Mal sind ein paar sogar im Hubschrauber angekommen. Erinnerst du dich, Thompson?«

»Klar.«

»Da hat Michaelsons Rinderherde vor Schreck die Scheiße fallen gelassen . . . 'tschuldigen mein Französisch.« Der Cowboy schnitt sich ein Stück Schinken ab und gab Riesenmengen Worcestershire-Sauce dazu.

»Was tun sie aber? Bringen sie selbst ihre Roulettes mit? Oder wird einfach Poker gespielt?«

»Nichts davon. Sie haben ganz verdammt komische Dinge gespielt, soviel ich das sagen konnte. Sie wissen ja, wie die Reichen so sind.« Der Cowboy ging ans Fenster und warf einen Blick auf meinen Wagen. »Nein, Sie wissen das wahrscheinlich nicht. Aber sie wetten viel, und zwar auf alles mögliche.«

»Auf was denn, zum Beispiel?«

»Auf die Little League Championship von Florida. Ich hab' zwei Kerle gesehen, die hunderttausend Dollar darauf gewettet haben. Oder erinnern Sie sich an den Bürgerkrieg in Afrika? Wo war das noch, Thompson?«

»In Nigeria.«

»Richtig, Nigeria. Sie haben eine halbe Million auf den Sieger gesetzt. Aber wie ich schon sage, ich und Thompson, wir lassen uns da nicht blicken. Und man vermißt uns auch gar nicht.«

»Hat jemand etwas dagegen, daß ihr kommt? Vielleicht Alfred Craw?«

»Das können Sie zweimal sagen. Der ist der verdammteste Snob, den ich je getroffen habe. Gott sei Dank haben wir nicht viel mit ihm zu tun.«

»Sie meinen, diese Leute sind selten hier?«

»Verdammt, ich hab' gedacht, Sie wissen das. Sie sind schon seit zwölf oder dreizehn Wochen nicht mehr hiergewesen . . .

Stimmt's, Thompson?«

Die Indianerin nickte. »Man weiß nie, wann sie kommen«, sagte sie.

»Aber sie lassen jedesmal für Thompson fünfhundert Dollar in bar hier.« Der Cowboy blinzelte mir zu.

Ich fühlte, wie mich eine Depression beschlich, unausweichlich und undurchdringlich wie der Winternebel. Ich saß da, hielt das Kaffeeglas in der Hand, bis es brannte. Vierhundert Meilen durch die Nacht gefahren — dafür? Ich beugte mich zu Mrs. Thompson hinüber.

»Haben sie Ihnen eine Adresse gegeben, oder eine Telefonnummer, wie Sie sie erreichen können?«

»Nee.«

»Und woher kommen sie?«

»Keine Ahnung.«

»Sie meinen, ich kann sie also nicht finden? Es ist sehr wichtig.«

Sie schüttelte den Kopf.

»Was ist mit einem Mann namens Phil Jonas?« fragte ich. »Groß, kurzes, blondes Haar. Muskulös. War er mal bei den Spielen anwesend?«

»Nie von ihm gehört.« Die Thompson schrieb meine Rechnung auf einen kleinen grünen Zettel und reichte ihn mir. »Wollen Sie sonst noch was wissen?«

»Nein«, sagte ich. »Nein, das war's schon.«

Ich trat hinaus auf die Hauptstraße von Tonopah. Die Sonne war hinter den Bergen hochgestiegen, und allmählich entwikkelte sich eine beträchtliche Vormittagshitze. Ich ging den Gehsteig entlang. Über dem Teer der Straße begann die Luft zu flimmern. Die Geschäfte machten alle einen verlassenen Eindruck. Mir wurde allmählich schwindlig. Kein Vergnügen, ohne eine Stunde Schlaf hier in der Wüstenhitze spazierenzugehen. Ich überquerte die Straße und ging auf der anderen Seite weiter, vorbei an einem Singer-Nähmaschinen-Center und an einem Woolworth's. Auch diese beiden Geschäfte wirkten ausgestorben bis auf ein paar Mädchen, die sich an der Süßwarentheke von Woolworth's unterhielten. Die Bevölkerung von Tonopah bestand, soweit ich das sehen konnte, überwiegend aus Eidechsen, die in der Tageshitze ein kühles Plätzchen unter einem Stein suchten. Ich ging zurück zu meinem Wagen, verfluchte Marty Katz wegen seiner Information und mich selbst, weil ich so töricht gewesen war, gleich hierherzufahren, ohne mich vorher zu vergewissern, daß das auch etwas einbrachte.

Als ich zurückkam zur Tankstelle, stand der Cowboy an der Zapfsäule.

»Hallo, Kumpel«, sagte er. »Ich hab' gerade nachgedacht. Vor einem Jahr oder so, es kann auch schon vor eineinhalb Jahren gewesen sein, da hab' ich mal gesehen, wie ein paar von den Spielern über eine schlechte Landstraße davongefahren sind, als wenn sie es sehr eilig gehabt hätten.«

»Eine Landstraße? Wohin fuhren sie denn?«

»Ich erinnere mich nicht so genau ... Ich glaube ... Nein, ich weiß es nicht mehr.«

»Was haben sie denn für einen Wagen gefahren?«

»Einen Lincoln ... Oder war es ein Mercedes? Ja, ein Mercedes. Oder ein Olds.«

»Wo war das?«

»Ungefähr hundert Meilen südlich von hier ... Plus-minus.«

»Plus-Minus?«

»Fünfzig Meilen hin oder her.«

»Fünfzig Meilen? Aber innerhalb von fünfzig Meilen muß es eine ganze Menge schlechter Landstraßen geben.«

»Schon möglich. Aber viele davon führen nirgendwohin. Sie kurven sich nur zehn, fünfzehn Meilen in die Berge und hören dann einfach auf.«

»Und — war das so eine Landstraße, die sie gefahren sind?«

»Fahren Sie doch ein Stück die Zweihundertsechsundsechzig hinunter und sehen Sie selbst.«

Der Cowboy wartete darauf, daß ich antwortete.

»Ja ... Vielen Dank«, sagte ich.

Er tippte an seine Hutkrempe und ging zurück zu Thompson's Café.

Ich stieg in meinen Wagen und fuhr davon, bog an der 266 nach links ab in Richtung Las Vegas und kam in ein Seitental. Was suchte ich? Eine Landstraße, die jemand, den ich nicht kannte, vor einem Jahr oder länger gefahren war, zu einem Ziel, das mir ebenso unbekannt war. Das ganze Abenteuer war absurd.

Die Straße kurvte an den Bergen entlang durch niedrige, verkrüppelte Eichen und senkte sich dann hinunter zur Wüste. Die

Vegetation wurde spärlicher, und die Temperatur stieg. Inzwischen mußten es schon an die fünfunddreißig Grad im Schatten sein. Das Gerippe eines Kojoten briet auf dem Randstreifen der Straße. Dahinter ragten drei Wegweiser aus dem Boden. Mehrere schlechte Landstraßen zweigten hier ab in die Wüste, aber ich hielt nicht an. Ich fuhr daran vorbei, und das Fahrgestell des Buick ratterte wie ein alter Heuwagen.

Die Wüste lag ziemlich tief, und sie senkte sich noch. Aus den Salztümpeln schloß ich, daß ich mich dem Death Valley näherte. Bald kam ich an eine Kreuzung mit einer Tankstelle und einem Wegweiser, der auf die Kreuzung Death Valley hinwies; an dem Essensschuppen neben der Straße stand, daß dies das letzte Restaurant auf achtzig Meilen sei. Ich fuhr weiter, verlangsamte aber die Fahrt eine halbe Meile dahinter. Ein großes Plakat mit ausgebleichten Buchstaben stand an einer Böschung. Hier verlief wieder eine kleine Landstraße ohne Teerdecke in Richtung Wüste. Ich studierte die Buchstaben auf dem Schild.

COTTONWOOD WIESEN — SPIELAUTOMATEN — GIRLS — TANZ — 14 MEILEN — IN DEN WIESEN MACHT ES IMMER SPASS!

Die Wiesen. Cottonwood-Wiesen.

Ich fuhr auf den Randstreifen und schaute hinaus in die Wüste. Die Straße erstreckte sich ungefähr in Richtung Death Valley, verschwand hinter einer Felsgruppe, tauchte wieder auf und schlängelte sich schließlich hinein in die Berge. Es ging etwa zehn Meilen schnurgerade dahin und danach noch etwa vier auf dieser Seite des Bergrückens. Eine schwierige Fahrt in einem Wagen mit Vierradantrieb — purer Wahnsinn in einer Kiste wie der meinen!

Ich schaltete das Radio ein. Fast zwölf Uhr mittags. In fünfzehn oder sechzehn Stunden würde Howard Eppis eine Schnellstraße in die Luft gehen lassen und damit zugleich Miles Hawthornes Aussichten, für die Präsidentschaft zu kandidieren. Und ich war hier draußen und überlegte mir, ob ich über einen gottverlassenen Feldweg ins Nichts fahren sollte oder nicht. Was mochte da hinter den Felsen sein? Andererseits: Konnte auch nur ein Mensch damit rechnen, daß jemand wegen einem miesen Tanzlokal mit ein paar Spielautomaten vierzehn Meilen durch die Wüste fuhr? Wenn man bedachte, wie verblaßt und abgeblättert das Schild war, konnte man damit rechnen, daß das Lokal schon vor Jahren geschlossen worden war.

Cottonwood-Wiesen. Kreuzung Death Valley. Die Wiesen bei der Kreuzung. Das hatte der Kerl zu mir gesagt, oben am Mount Olympus. Die Wiesen bei der Kreuzung.

Ich bog so hart in die ungeteerte Landstraße ein, daß es mir fast die vordere Aufhängung abgerissen hätte. Der Wagen machte einen Satz und krachte gegen einen hohen Kaktus, wobei die beiden rechten Reifen im sandigen Boden einsanken. Ich fuhr zurück auf die Straße und schlug dann in Richtung Wüste und Berge ein. Eine feine Staubwolke lag auf der Motorhaube und setzte sich in seltsamen Figuren auf der Windschutzscheibe ab, wie ein modernes Action-Gemälde. Der Wagen war eine Sauna auf Rädern. Mir lief ein ständiger Strom von Schweiß über das Gesicht, tropfte auf mein Hemd und meine Hose. Ein zweiter Strom lief mir hinten in den Kragen und auf den Sitz unter mir, verdampfte sofort auf dem heißen Plastik und hielt so den Feuchtigkeitskreislauf aufrecht.

Nach einer Zeit, die mir wie eine Stunde vorkam, erreichte ich eine Wegkreuzung, die von der Karosserie eines Oldsmobile-Wracks gekennzeichnet wurde. Auf das Blech hatte jemand einen gelben Pfeil gemalt mit der Aufschrift ›Cottonwood-Wiesen 11 Meilen‹ darunter. Also war ich ganze drei Meilen weit gekommen! Ich schaute nach vorn und nach hinten — nichts als Wüste. Das Land flimmerte vor mir. Dann bemerkte ich in der Ferne hinter mir zwei Punkte, die sich auf mich zubewegten. Ich beobachtete sie, wie sie mitten in der Luft zu schweben schienen, wie sie hüpften, zwei Hasen, die über die Präriebüsche hoppelten. Und bald danach sah ich, daß es zwei Männer auf Motorrädern waren. Harley-Davidsons, neu und funkelnd, sogar unter dem Staub. Die Fahrer trugen Cowboyhemden, faltige Lederstiefel und echte ›Los Angeles Rams‹-Footballhelme. Reiche Rancher. Sie hielten vor mir an, ließen die schweren Motoren laufen.

»Cottonwood-Wiesen?« brüllte ich ihnen zu, aber sie konnten es nicht verstehen beim Dröhnen der Motoren. Als ich sie näher betrachtete, stellte ich fest, daß es Vater und Sohn sein mußten. Der Vater hatte eine silberne Motorradbrille auf. Er schaute mich an, lachte und machte aus Daumen und Zeigefinger seiner linken Hand einen Kreis. Dann stach er den rechten Zeigefinger hindurch, bewegte ihn hin und her, eine eindeutig obszöne Geste, und sagte dazu, was ich nicht verstand. Die beiden Männer nickten und fuhren davon in Richtung auf die ›Wiesen‹. Bald waren sie außer Sicht, obwohl ich mich bemühte, mit ihnen einigermaßen Schritt zu halten, und den Buick über die Landstraße hetzte, wobei ich hörte, wie der Vergaser gegen die Verkleidung schlug.

Nach einer Meile wurde der Weg besser, und ich konnte schneller fahren, näherte mich den Vorhügeln der Panamints, die rot und gezackt aussahen wie indianische Kunstgegenstände. Der Wagen fuhr durch eine Senke, und ich nahm an, daß wir uns noch immer auf Seehöhe, wenn nicht unter dem Meeresspiegel befinden mußten. Vor mir sah ich eine Baumgruppe, Eschen, die eine Oase umstanden, vermutlich eine natürliche Quelle. Ein paar Ranchhäuser hinter den Bäumen bei einem Teich, auf dem Schwäne schwammen. Ein hölzernes Wagenrad zierte die Front eines ungewöhnlich großen Wohnmobils. Die Szene wirkte irgendwie idyllisch; eine Romanze aus dem alten Westen in einem Film von John Ford.

Ich ging durch einen Bogen, auf dem ›Willkommen in Cottonwood-Wiesen‹ geschrieben war, vorbei an einer kleinen Landebahn, wo eine Cessna und eine Piper Cub unter einem verrosteten Wellblechdach standen. Die beiden Harley-Davidsons parkten zwischen einem Jeep und einem kleineren Wohnwagen an der Rückseite des Wohnmobils. Ich hielt hinter ihnen und stieg aus, ging herum zum Vordereingang. Die Fenster waren mit bunten Folien beklebt und von innen beleuchtet. Ich hörte billige Mancini-Musik aus einem blechernen Lautsprecher. Eine Schwarze, angezogen wie eine Negermammy, öffnete die Tür und schaute mich an.

»Kommen Sie rein«, sagte sie.

»Das Wasser ist trinkbar«, sagte der Rancher, der aus dem Dunkeln hinter ihr auftauchte. Ich sah seinen Sohn am Arm einer Blondine in heißen Höschen und schwarzen Netzstrümpfen.

Also stieg ich hinauf und betrat den Warteraum des Wohnmobils. An den Wänden saßen mehrere Männer. Die Mammy zeigte ihnen gerade zwei von den Mädchen, eine schwarz und eine weiß, beide groß und schlank wie Las-Vegas-Showgirls, aber schon ein bißchen über dem Berg, so wie sie am Wochenende nur in der hinteren Reihe tanzen durften.

»Eine Kostprobe vom guten alten Rein und Raus«, sagte der Rancher, stieß mir mit dem Ellbogen in die Rippen und trank einen Schluck aus seinem silbernen Flachmann. »Ich bring' den Jungen fast jede Woche hierher«, fuhr er fort. »Das nimmt ihm den Dampf, wenn Sie wissen, was ich meine.«

»Sie kommen immer hierher?«

»Hier gibt es die besten Mädchen im ganzen Staat. Das weiß jeder. Und außerdem ist es sicher. Der Doktor kommt jeden Freitag mit dem Flugzeug, um sie zu untersuchen.«

Ich starrte hinaus durch die getönten Scheiben. Die Schwäne trieben unter einer Trauerweide dahin. Ein großer, älterer Mann mit Kochmütze und Schürze ging zu ihnen hin und fütterte sie mit Brotstückchen aus einer Keksdose, rief nach ihnen mit seltsam grunzenden Tönen. Der eine Schwan zischte und schwamm auf ihn zu.

»Und was ist mit Ihnen?« fragte die Mammy und tippte mir auf die Schulter. Sie hatte eine Brünette und eine Rothaarige bei sich. »Vielleicht wollen Sie sie beide.«

»Ich weiß nicht, ob ich mir das leisten kann«, entgegnete ich.

»Leisten? Zum Teufel, Junge, heute bezahl' ich«, rief der Rancher und schlug mir auf den Rücken. Sein Atem roch stark nach Bourbon. »Heute ist dein Glückstag, jawohl!«

Ich sah mir die Brünette etwas genauer an. Ihre Hüften waren sanft gerundet und endeten an zwei schlanken, ebenfalls wohlgeformten Beinen. Sie hatte dunklen Lippenstift aufgelegt und dunkle Augenwimpern angeklebt. Ihre bleiche, fast von innen leuchtende Haut erinnerte an eine Berliner Cabaret-Tänzerin aus den zwanziger Jahren. Sie verbreitete so etwas wie sanfte Dekadenz, was ihr recht gut stand. Aber wo waren meine Gedanken? Schließlich hatte ich einen Job, und der brannte mir auf den Nägeln.

»Komm schon, Junge.« Der Rancher schlug mir wieder auf den Rücken. »Worauf wartest du noch?«

Die Brünette lächelte. Sie nahm mich bei der Hand und führte mich durch einen engen Korridor, vorbei an einer Reihe von Kabinentüren und einem kleinen Vorführraum. Ich leistete keinen Widerstand. Immerhin war es schon eine ganze Weile her ... Außerdem — wer dachte schon an etwas so Nebensächliches wie einen Mord und ein Attentat? Die konnten warten.

»Wie heißt du?« In ihrer Kabine stand eine einzelne Rose aus Plastik in einer Vase am Nachttisch, und ein gerahmter Toulouse-Lautrec-Druck hing an der Wand. *La Moulin de la Galette.* In einem Messingständer oberhalb der Kommode glommen Patschouli-Räucherstäbchen.

»Moses«, sagte ich.

»Ich bin Cynthia.«

Sie schlüpfte aus ihrem Overall und stand am Spiegel, den Körper von der gelben Glühlampe beleuchtet. Ihre Brüste waren fest und deutlich geformt. Dann kam sie einen Schritt auf mich zu, und wir umarmten uns, ließen uns auf die Matratze fallen. Draußen auf dem Korridor hörte ich jemanden lachen. Sie langte nach meinem Reißverschluß und öffnete ihn mit überraschend ungestümer Begierde. Sekunden später warfen wir uns aufeinander und rollten über die Matratze. Wir küßten uns, und meine Zunge drang tief in ihren Mund. Schließlich setzte sich Cynthia auf meine Schenkel, und ich drang in sie. Während sie ihre Finger in meine Brust grub. Dann ritt sie auf mir, und ich stieß nach, gierig wie der berühmte Verhungernde beim Festbankett. Es war schließlich drei Monate her, verdammt noch mal. Und das war nicht wie bei der Hure damals in Frankreich, die sich nicht einmal küssen ließ und die Bluse anbehielt. Das war wirklich eine tolle Sache. Schien es jedenfalls zu sein.

Sie kam dreimal, und dann kam auch ich, und danach lehnten wir uns zurück und entspannten uns, schlossen für ein paar Minuten die Augen. Ich kam mir vor wie auf einem fliegenden Teppich. Nach einer Weile stand Cynthia auf und verpaßte sich eine Dusche in einer weißen Emailschüssel.

»Du machst es wirklich toll«, sagte ich, während ich ihr zusah.

Sie lächelte. »Weil es mir Spaß macht. Es gibt viele Männer, die mich wirklich erregen.« Sie stellte die Schüssel weg und kam zu mir her, berührte meinen Arm mit den Fingerspitzen. Ich packte ihre Hand und hielt sie fest.

»Aber warum ausgerechnet hier?« fragte ich.

»Warum nicht?« antwortete sie, langte unter den kleinen Tisch, warf mir einen Beutel zu mit dunkelrotem Gras, wahrscheinlich aus Panama, und ein Päckchen mit Marfil-Papier. Ich rollte einen Joint und gab ihn ihr. »Auf dem College hab' ich's mit den Jungen getrieben, nur damit sie mich zum Essen einluden. Jetzt bekomme ich wesentlich mehr dafür. Irgend jemand muß es ja tun, und es ist bestimmt noch besser, als verheiratet zu sein.«

Ich verstand, was sie meinte. Sie nahm einen tiefen Zug aus dem Joint und reichte ihn dann mir. Ich hielt den Rauch so lange in den Lungen, wie ich konnte. Auf der Kommode neben dem Räucherzeug sah ich das Foto eines kleinen Mädchens. Es konnte Cynthias Töchterchen sein.

»Wo bist du zur Schule gegangen?« fragte ich.

»University of Denver. Ich war auf der Kunstakademie. Aber meistens hab' ich Modell gestanden.«

»Deshalb hast du den Lautrec?«

»Ja. Magst du Lautrec?«

Ich nickte.

»Ich hielt mich für eine Jane Avril«, sagte sie und setzte sich neben mich. »Jane Avril im Moulin Rouge. Stell dir das vor. Aber man kann nicht Jane Avril sein hier draußen, mitten in der Wüste.«

»Ach, ich weiß nicht.«

Wir saßen noch eine Weile da und rauchten den Joint. Cynthia lehnte sich über mich und schaute sich im Spiegel an. *»Jane Avril avec ses hommes.«*

Ich strich mit einer Hand über ihren Rücken.

»Drei auf einmal, Ralphie!« hörte ich den Rancher vom Korridor her brüllen. »Das schaff' ich, keine Bange!« Dann fiel er polternd auf den Boden.

»Blöder Kerl«, sagte Cynthia und steckte sich den Joint zwischen die Lippen. »Der läßt jedesmal fünfhundert Dollar hier, und dann besäuft er sich so, daß er keinen hochkriegt. Du solltest ihn sehen, wenn er wütend ist!« Sie lachte und zog ein letztesmal an dem Joint. Über der Tür war ein Summer, der jetzt ertönte und ein kleines Pappdeckelschild zeigte. Cynthia wandte sich mir zu und gab mir noch einen langen, heißen Kuß. »Die Zeit ist um, mein Lieber.« Sie bückte sich und warf mir meine Jeans her, stieg dann rasch in ihren Overall und zog den Reißverschluß bis zum Nabel zu.

Ich stand auf und zog mich an. Sie zupfte die Fusseln von meinem Hemd. »Komm wieder«, flüsterte sie mir ins Ohr. »Wirklich.« Sie öffnete die Tür und begleitete mich durch den Korridor. Ich war nicht sicher, ob sie es aufrichtig meinte, aber es machte mehr Spaß, davon auszugehen. Draußen im Warteraum tanzte ein betrunkener Marineoffizier Hula vor einem orientalischen Mädchen. Die Mammy saß in einer Ecke und rauchte mit einer langen, roten Zigarettenspitze. Cynthia strich über meine Wange und verschwand wieder in ihrer Kabine.

Drinnen in dem großen Wagen, mit der gedämpften Musik und den schummerigen bunten Lichtern, hatte ich ganz vergessen, daß es Tag war; aber als ich hinaustrat, kam ich mir vor, als sei ich direkt in einen Backofen geraten. Am liebsten wäre ich mit einem Satz in den Teich gesprungen, aber die wachsamen Augen des alten Kochs hielten mich davon ab. Er saß noch immer unter der Trauerweide, die Schwäne zu seinen Füßen.

»Wollen Sie ein Zimmer?« fragte er.

»Ein Zimmer?«

»Wir haben Zimmer hier, wenn Sie die Nacht über bleiben wollen.« Er deutete auf eines der Ranchhäuser. »Wir haben Zimmer, und wir haben ein Café — falls Sie Schinken mit Ei oder andere Kleinigkeiten zum Essen haben wollen.«

»Ich bin im Moment nicht hungrig, danke.«

Ich hockte mich neben ihn in den Schatten einer Wüstenesche. Mir war noch immer ein wenig blümerant von dem Joint, und ich fragte mich, ob es mir half, meinen Fall zu lösen, die einzelnen Indizien zusammenzuknoten, wie das schon manchmal passiert war. Aber diesmal zweifelte ich eher daran. Fünfzig Meter von hier war ein Wellblechschuppen, der mit einer Kette und einem Kombinationsschloß gesichert war. Er hatte Ventilationsschlitze unter dem Dach und runde Gucklöcher, die von außen zugenagelt waren. Weitere fünfzig Meter links entdeckte ich eine steinerne Zisterne unter einer Akazie.

Ich stieß mich hoch und ging in Richtung auf den Schuppen. Der Koch erhob sich ebenfalls und folgte mir, blieb dabei immer ein paar Meter hinter mir und betrachtete mich mit zur Seite geneigtem Kopf. Er war ein großer Mann mit den fleischigen Händen des Landarbeiters.

»Suchen Sie was Bestimmtes?«

»Nein.«

»Weil man hier nicht einfach so herumspaziert . . .«

»Ein hübscher Besitz. Wem gehört er?«

Er bückte sich und nahm eine Hacke von einem Werkzeughalter. »Das kann ich Ihnen nicht sagen, Mister, auch nicht, wenn ich wollte.«

»Gehört er Alfred Craw?«

»Craw!« Er spuckte verächtlich auf den Boden.

»Entschuldigen Sie, daß ich gefragt habe.«

Ich entfernte mich vom Schuppen in Richtung auf die Akazie. Ein räudiger Hund überquerte meinen Weg und verschwand hinter dem Ranchhaus. Ich hörte, wie die Hühner gackerten und die Schwäne zischten. Am anderen Ende der Oase stutzten ein paar Mexikaner die Dattelpalmen. Sie hatten sich weiße Taschentücher um die Stirn gebunden.

Ich näherte mich der Zisterne. Ein Rand aus Holzplanken umgab den bröckelnden Schacht. An einem rostigen Kabel hing ein Blecheimer. Ich schaute hinunter. Es war reines Quellwasser, durchsichtig an der Oberfläche und offenbar ziemlich tief. Ein Stein, den man hineinwarf, würde eine Ewigkeit unterwegs sein, vielleicht am anderen Ende des Globus wieder herauskommen.

»Da drinnen finden Sie auch nichts.« Neben meinem Spiegelbild auf der Wasserfläche erschien das des Kochs. Sein Ausdruck war gelangweilt. »Es sei denn, Sie suchen Fische.«

Ich wandte mich ihm zu. »Was für Fische?«

»Prähistorische. Aus der Zeit, als das Death Valley noch ein See war.«

»Aber sie leben doch nicht mehr, oder?«

»Einige vielleicht schon. In unterirdischen Höhlen, wo das Wasser nicht allzu heiß wird. Die Marine hat schon Froschmänner hinuntergeschickt, vor ein paar Jahren, um ein paar von den Fischen zu fangen . . . Aber sie verirrten sich in den Höhlen, und dann ist ihnen die Luft ausgegangen. Die treiben wahrscheinlich immer noch da drunten herum.« Der Koch rieb sich das Kinn mit dem Handrücken.

»Die Fische oder die Froschmänner?«

»Beide.«

Fische? Das war schwer zu glauben, daß unter dieser Wüste irgend etwas lebte. Ich zwickte die Augen zusammen und starrte in die Tiefe, sah seltsame Visionen im Wasser — dunkle, prähistorische Ungeheuer mit seltsamen Antennen auf den Köpfen, und dann Gesichter, die zu mir heraufstarrten, Lila Shea, die nach mir rief, dann wieder zurückglitt in den Schacht, den braunen Arm vom Luis Vazquez, der nach der Oberfläche langte, eine schwarze Schachtel mit Gebeinen und der Aufschrift ›Eigentum des Coroners‹. Das Geräusch eines Flugzeugs unterbrach meine Träumereien, war erst ein dumpf dröhnender Laut, wurde dann mächtiger, nicht wie das Surren eines Hobbyfliegers, der mit ein paar Freunden hierherflog, um gut zu bumsen. Der Schatten der Tragflächen streifte über die Wüste. Ich schaute hinüber zur Landebahn und sah eine mittelgroße Düsenmaschine, die gerade mit ihren dicken Reifen aufsetzte und auf den Hangar zurollte. Ich trat einen Schritt von der Zisterne zurück. »Wer ist das?« fragte ich, aber der Koch gab keine Antwort.

Der Pilot stieg aus der Maschine und öffnete die Tür für zwei Männer in Geschäftsanzügen. Der eine, der vorneweg ging, hatte einen großen Aktenkoffer in der Hand. Sie schritten danach nebeneinander, die Augen geradeaus, über den Kiesweg, der von der Landebahn zum größten Ranchhaus führte. Sie wandten nicht den Kopf, als sie an dem silbernen Wohnmobil mit den bunten Fenstern und an der Trauerweide mit den zischenden Schwänen vorbeikamen. Und sie gingen weiter bis zu der Stelle, wo sich der Weg zu den Pappeln und zum Haus gabelte. Ich sah ihnen einen Augenblick lang nach, dann folgte ich ihnen.

»Sie können dort nicht hingehen«, sagte der Koch, der mir gefolgt war, die Hacke in der rechten Hand.

»Warum nicht?« fragte ich, ohne mich umzudrehen.

»Weil in dieser Gegend Gäste nicht erwünscht sind.« Er langte mit der Hacke nach vorn und hakte sie an meinen Beinen ein.

»Wie das?«

»Weil es so ist, und damit basta.«

»Kein sehr vernünftiger Grund«, sagte ich und trat zugleich fest auf das Ende der Hacke, daß sie hochschnappte und in die Luft flug. Während der Koch ihr nachsah, gab ich ihm einen Schwinger in die Magengegend. Er klappte zusammen wie ein Taschenmesser und hielt sich den Bauch. Ich packte die Hacke, hielt sie über seinen Kopf und drohte, sie ihm auf den Schädel zu schmettern. Er schaute langsam hoch.

»Drehen Sie sich um«, sagte ich. »Und jetzt geht es hinüber zu der Akazie.« Ich gab ihm einen kleinen Schubs. Als wir die andere Seite des Gebäudes erreicht hatten, nahm ich die Hacke andersherum und hob den Stiel. »Tut mir leid, Alter«, sagte ich und ließ ihn auf seinem Hinterkopf landen. Der Mann sank in die Knie und dann mit dem Gesicht nach vorn auf den Boden. Er tat mir wirklich leid. Ich bückte mich über ihn. Er war bewußtlos, aber es sah so aus, als wenn ihm nichts Ernstliches geschehen wäre. Ich nahm ihm seine Kochschürze ab und riß sie in Streifen, mit denen ich ihm Hände und Beine zusammenband. Dann zerrte ich ihn tiefer ins Gebüsch und steckte ihm schließlich noch das Ende seiner Kochmütze als Knebel in den Mund.

Danach schlich ich wieder hinaus und folgte dem Weg, der zum Ranchhaus führte. Vor dem Haus war ein makellos gepflegter Rasen mit einem Bewässerungssystem, das so rauschte wie die Fontana die Trevi. Ich schlich mich dicht an der Hauswand entlang, schaute hier und da zu den Fenstern hinein. Im Inneren hatte man den Ranchstil großartig erhalten. Rohbehauene Balken stützten eine schöne alte Stuckdecke. Ein altes Spinnrad war da, und auch der offene Kamin gegenüber, unter einem Sims, auf dem wertvolle Puppen saßen. Das Treffen fand nebenan statt. Die Tür stand offen, und ich sah den Rücken von einem der Geschäftsleute, der an einem Eichentisch saß und den Aktenkoffer gegen seinen Stuhl gelehnt hatte.

Ich ging weiter an der Wand entlang in der Hoffnung, aus einem anderen Blickwinkel mehr sehen zu können. Von dem Raum, in dem das Treffen stattfand, gingen mehrere Fenster hinaus auf die Seitenfront, aber hier waren überall die Läden geschlossen. Ich lugte durch einen Spalt, doch alles, was ich sah, war das Profil des Geschäftsmannes mit dem Aktenkoffer. Er stellte ihn gerade auf den Tisch und ließ den Deckel aufschnappen.

»Zwölf zu fünf«, hörte ich eine Stimme aus der anderen Seite des Raums. »Zwölf zu fünf. Das ist die Wette des Griechen. Sie hat sich seit einer Woche nicht geändert.«

»Fein. Ich hörte gerade, der Grieche hat die Angewohnheit, alles in letzter Minute zu ändern«, sagte der Mann mit dem Aktenkoffer.

»Na und?«

»Dann verlieren wir.«

»Keine Sorge, Mat. Unsere Wette kommt heute nachmittag. Danach kann er meinetwegen dreißig zu eins auf Dillworthy setzen, dann ist es mir egal.« Jemand lachte. »Laßt uns die Ware sehen.«

Der Mann namens Mat schob seinen Koffer über den Tisch. Er war mit neuen Banknoten gefüllt, Zwanziger und Fünfziger.

»Vergeßt nicht die Wette auf Hawthorne«, fuhr die Stimme auf der anderen Seite fort. »Fünfundvierzigtausend. Dann können wir, ohne mit der Wimper zu zucken, den Rest auf Dillworthy setzen.«

Die Gruppe fiel in Schweigen.

Ich trat von der Wand weg. Die Vordertür war versperrt, aber ich fragte mich, ob es eine andere Möglichkeit gab, unbemerkt in das Haus zu gelangen. Ich duckte mich und ging um das Haus herum, suchte nach einem Gitter, durch das man vielleicht in den Keller einsteigen konnte. Es gab keines. Und die Fenster waren alle fest verriegelt. Auch die Küchentür. Hinter einem Blumenspalier führte eine Regenrinne herunter vom Dach. Ich packte sie mit beiden Händen und zog mich hoch. Das Rohr wackelte zwar, aber es hielt mich. Ein Querstück vom Spalier löste sich und fiel zu Boden. Ich erstarrte, kam mir lächerlich vor und schwitzte in der Backofenhitze. Dann hatte ich das Dach erreicht, zog mich mit einem Klimmzug nach oben und verbrannte mir fast die Finger an den Dachziegeln. Die Bewässerungsanlage sprühte höher, als das Haus war; ich sah im Staub der Fontäne alle Regenbogenfarben schimmern.

Jetzt sah ich mich um. Das Speicherfenster, durch das ich eindringen wollte, war zugenagelt; andere Öffnungen schien es nicht zu geben. Ich kroch über das Dach zum Rohrstutzen der Klimaanlage. Ein ständiger Strom heißer Luft kam heraus. Ich hob den Deckel und legte ihn auf die Ziegel neben mir. Dann streckte ich mich und steckte die Beine in das Rohr. Die Haut brannte von der Hitze. Ich fürchtete, sie würde mir die Schuhsohlen verbrennen. Aber ich rutschte langsam nach unten, drehte und wand mich dabei wie eine Schlange.

Im Eßzimmer war das Gespräch inzwischen fortgesetzt worden. Ich hörte die Männer reden, aber es war schwer, bei dem lauten Surren des Ventilators einzelne Worte zu verstehen. Es ging über Bargeld, soviel stand fest. Die Einzelheiten wurden von einer großspurigen Stimme wiederholt, die ich zuvor noch nicht gehört hatte. Es war schwer zu sagen, wie viele Personen sich in dem Raum befanden.

Das Rohr wurde weiter, und ich konnte mich freier bewegen. Ich drehte mich und schob mich Zentimeter für Zentimeter vorwärts. Eppis, Eppis, arbeitest du wirklich mit diesen Leuten zusammen? War das das Ergebnis von vielen Jahren Protest gegen das Establishment? Ein billiges Blutgeld für den großen Schwindel? Ich näherte mich der Öffnung des Luftschachts, die in den Raum führte, aber ich wollte nicht hinunterschauen.

Und dann blieb der Ventilator stehen. Jeder schwieg; nur eine Footballreportage aus dem Lautsprecher eines Fernsehgeräts war noch zu hören. Dann wurde auch das Fernsehgerät abgeschaltet.

»Er ist wirklich da oben«, sagte eine Stimme.

»Wer?«

»Schaut doch mal auf das Dach . . . Jonas, hier entlang.«

Ich bewegte mich nicht.

»Er ist hier unten?«

»Was, zum Teufel —«

Ich sah Finger, die durch das Gitter faßten. Einen 45er Revolver, der aus einem Schulterhalfter gezogen wurde.

Unter mir stand Procari senior, hatte seine dunkle Brille in der Hand und starrte zu mir empor.

»Nett, Sie wiederzusehen, Mr. Wine.«

18

Erinnerungen an die Kinderzeit.

Sonya und ich, ein Junge von sechs Jahren, auf den Plankenwegen von Coney Island, gebutterten, gekochten Mais vom Kolben knabbernd.

Ein Baseballspiel in Ebbets Field mit Duke Snider im Mittelfeld und Erskine als Pitcher.

Der erste Schultag in Midwood High, als ich das Mädchen mit dem langen, schwarzen Haar vom Grand Central Parkway suchte. Der Ammoniakgeruch in der Cafeteria.

Ein stiller Tag in Berkeley beim Schachspielen mit einem Typen namens Al, von drüben, südlich der Bay.

Suzanne und ich, wie wir uns zum erstenmal liebten auf dem Strand von Carmel; wie der Sand in unseren Schlafsack rann.

Wie mir ein Bulle fast den Schädel einschlug beim Protestmarsch gegen Johnson, vor dem Century Plaza Hotel.

Cynthia, die mit Alora in einem alten Pariser Nachtklub Cancan tanzte.

Dann — nichts mehr.

Ich versuchte, mich zu bewegen, hatte aber keine Reflexe, keinen Willen. Ein Versagen des Zentralnervensystems.

Ich hörte ein Geräusch. Was war das? Ein Summen. Ein Flugzeug? Nein. Kratzend. Schnarrend. Ich lauschte. Das Geräusch wurde schwächer. Hatte sich die Quelle entfernt, oder wurde ich wieder allmählich bewußtlos?

Dann wachte ich auf, und das Geräusch war wieder da. Diesmal näher. Und deutlicher. Ich fühlte ein dumpfes Klopfen auf meinen Wangen. Einen Druck auf meine Kieferknochen. Klatschen. Ja, das war es. Jemand schlug mir ins Gesicht.

»Wine . . .! Wine!«

Ich setzte mich auf, blinzelte, versuchte zu gehen. Ein Gesicht, verschwommen, vor meinen Augen. Ich lehnte mich gegen die Wand, tastete brennendheißes Metall mit den Händen. Ich war im Unterstand.

»Wine?«

Es war Sebastian. Sein Gesicht gerötet, seine Stirn mit roten Flecken übersät. Er saß mir gegenüber auf dem Boden und hatte seinen Pyjama an. Die Jacke war am Kragen zerrissen.

»Was hat man mit mir gemacht?«

»Pentothal.«

Ich schüttelte den Kopf. »Wie spät ist es?«

»Acht Uhr. Abenddämmerung.« Er deutete auf die Luke über meinem Kopf, wo ein Stück dunklen Himmels zu sehen war. Draußen war vermutlich ein schöner Wüsten-Sonnenuntergang, die Ranch in Orange und Rot getaucht, die langen Schatten . . .

»Also hat Ihr Vater Sie endlich doch gefunden«, sagte ich.

»Er wußte immer, wo ich war.«

»Auch recht. Wie der Vater, so der Sohn. Zwei dreckige Schweinehunde . . . Was habt ihr mit Eppis gemacht?«

»Eppis?«

»Ja, Eppis. Howard Eppis. Erinnern Sie sich nicht an ihn?«

»Eppis ist tot.«

»Sie meinen, Sie haben ihn umgebracht, Sie dreckiger Hurensohn!«

Ich stand auf, noch immer etwas groggy von dem Betäubungsmittel, und hielt mich an der Wand fest.

»Ich habe ihn nicht umgebracht. Es war ein Unfall.«

»Ein schöner Unfall, daß ich nicht lache!« Ich machte einen

Satz auf ihn zu, stolperte über einen Sägebock und fiel auf die Seite. Mein Gesicht schlug unsanft gegen den Betonboden.

Sebastian beugte sich über mich. »Ruhig, regen Sie sich doch nicht so auf«, sagte er. Mein Magen begann wieder zu schmerzen, und ich drückte die Fäuste dagegen, preßte die Arme fest gegen den Brustkorb. »Das Zeug ist stark. Ich selbst habe vierundzwanzig Stunden gebraucht, bis ich es loshatte.«

»Sie?« Ich holte nach ihm aus, verfehlte ihn aber um eine Meile.

»Man hat es mir gestern gegeben, als sie mich hierhergebracht haben.«

»Wer hat Sie hergebracht?«

»Mein Vater.«

»Ihr Vater?« Wieder schaute ich ihn an. Er mußte schwer zusammengeschlagen worden sein. Seine Lippen waren aufgesprungen, und über seinem linken Auge war ein langer, diagonaler Schnitt. Seine Nase war schief. »Also noch einmal von vorn«, sagte ich. »Eppis ist tot.«

»Richtig.«

»Durch einen Unfall, sagten Sie?«

»Ja . . . Ich glaube.«

»Sie glauben es? Ja, war es denn nun ein Unfall oder nicht?«

»Ich bin nicht sicher.«

»Sie sind nicht sicher?«

»Er wußte zuviel. Mein Vater mußte das Geschäft auflösen.«

»Was für ein Geschäft?«

»Die Kirche. Die Kirche, was denn sonst? Ich war der Priester, und mein Vater hat sich um die finanzielle Seite gekümmert. Ich wollte es von Anfang an nicht so haben.«

Ich atmete tief ein. Oder unternahm wenigstens den Versuch dazu. Das ging mir alles ein bißchen zu schnell. Draußen hörte ich das Geräusch eines zur Landung ansetzenden Flugzeugs. Wagen fuhren über die Landstraße und hupten einander an. Gegen Sonnenuntergang wurde es drüben am Wohnmobil lebendig.

»Sie bringen mich ganz durcheinander«, sagte ich. »Sie meinen, Ihr Vater hat Ihren Satanskult unterstützt?«

»Ja.«

»Das hab' ich anders gehört.«

»Möglich — doch das war nur ein Aushängeschild. Es war ein

Geschäft, und ich habe mitgemacht.«

»Was für ein Geschäft?«

»Ein Vorwand für Spielklubs. Es ging um ganz große Summen. Die Adresse Columbia Drive dreiundzwanzig sollte eine Zweigstelle werden. Überall dort, wo es Niederlassungen der Kirche gab, sollte es auch Spielklubs geben. Sekten stehen immer in enger Verbindung mit dem großen Geschäft. Warum diesmal nicht mit Glücksspiel? Das war sein Plan, bis Eppis dahintergekommen ist.«

»Also hat Ihr Vater ihn umbringen lassen.«

»Ich weiß es nicht. Er sagte mir, es sei ein Unfall gewesen. Eine Überdosis Rauschgift.« Sebastians Stimme klang heiser. Er versuchte, sich zu beherrschen, nicht loszuheulen. »Mein Vater hat immer solche Sachen gemacht, hat mir immer gesagt, was ich tun soll. Ich glaube, ich wollte ihn ... Jedenfalls bis Eppis tot war. Ich dachte, damit würde er vielleicht von mir ablassen, dachte, daß Mord nicht seine Sache war, aber ...« Wieder war Sebastians Stimme kaum zu verstehen vor Heiserkeit. Seine Augen füllten sich mit Tränen.

»Aber — was?« fragte ich.

»Er hat alles gegen mich verwendet, wie immer. Als ich begann, für Hawthorne zu arbeiten, hat er sich dieses riesige Betrugsmanöver einfallen lassen. Nur, um noch einen ordentlichen Batzen aus seinen Wetten herauszuschlagen ... Zuerst hab' ich nicht einmal gewußt, was das bedeuten sollte, aber dann ...« Seine Stimme versagte, und er wandte sich ab.

»Wie hoch steht die Wette jetzt?«

»Auf ungefähr zehn Millionen. Er bat mich, ihm zu helfen. Ich sagte, ich denke nicht daran, bis —«

»Bis was?« Ich versuchte aufzustehen.

»Bis er mich dazu zwang. Er veranlaßte mich zu telefonieren, wie ich zum Beispiel Sie angerufen habe und vorgab, Eppis zu sein. Ich sollte allen sagen, daß ich Hawthornes Kampagne unterstütze, um zu beweisen, daß Eppis noch lebt. Ich konnte immer schon gut Stimmen imitieren, schon seit ich ein Junge war.« Er setzte sich auf eine Kiste und stützte den Kopf mit den Händen. »Ich wollte, daß Sie dahinterkommen. Ehrlich, das wollte ich. Ich selbst hatte einfach nicht den Mut ... Ich selbst hab' den Brief geschrieben, damit wenigstens Sie von der Explosion Bescheid wissen. Aber ... Schließlich ist er mein Vater.«

Eine Träne rollte über Sebastians Wange.

»Warum hat er Lila Shea ermordet?«

»Sie vermutete, daß Eppis tot war. Wie übrigens auch Luis Vazquez.«

»Luis Vazquez? Er wußte auch, daß Eppis tot war?«

»Er war nicht sicher, vermutete es aber. Und er fragte überall nach ihm.«

»Und das haben Sie Ihrem Vater gesagt?«

Er nickte und wandte sich dann wieder ab.

»Was ist mit Vazquez geschehen?«

»Ich weiß es nicht. Ich ... Ich bin nicht sicher.«

»Nicht sicher? So, wie Sie nicht sicher sind, ob Eppis' Tod ein Unfall war?«

Sebastian schluchzte. Ich konnte nicht sagen, ob er log oder nicht. Ich lehnte mich gegen die Wand und ließ mich dann ihm gegenüber auf den Boden sinken.

»Sie wissen, daß Ihr Vater das ganz anders darstellt«, sagte ich. »Er behauptet, Sie hätten alles getan, um ihn zu erniedrigen. Und daß Sie ihn jedesmal, wenn er Ihnen helfen wollte, zurückstießen und beleidigten«

»Ich wollte, ich hätte es getan. Er hat auch das Leben meiner Mutter ruiniert, wissen Sie.«

»Lebt Ihre Mutter noch?«

»Es ist gleichgültig, ob sie noch lebt oder nicht. Sie ist ein menschliches Wrack, und er ist daran schuld.«

»Und Sie haben nie den Wunsch gehabt, sich an ihm zu rächen, wollten es ihm nie heimzahlen oder ihn sogar dafür töten?«

»Nein. Ich war zu schwach.«

»Was war mit Yale? Sie haben doch alles getan, um von der Schule geschmissen zu werden.«

»Yale? Erzählt er die Geschichte immer noch? Er selbst hat mich von Yale zurückgeholt. Sechs Monate vor dem Besuchstag übrigens. Das kann man in den Schulannalen nachlesen.« Sebastian streckte den Arm aus und berührte meine Hand. »Wine, ich schwöre Ihnen, ich habe das nicht gewollt. Ich wollte, daß Hawthorne gewinnt. Ich habe für ihn gearbeitet, weil das für mich etwas bedeutet hat.«

»Wenn das, was Sie sagen, wahr ist — wie kommt es dann, daß Ihr Vater mich hier läßt bei Ihnen, damit ich die ganze Geschichte erfahre?«

»Weil es jetzt ohnehin nichts mehr ausmacht. Er kann Sie festhalten, bis alles vorbei ist, und Sie danach loswerden. Wahrscheinlich irgendeinen Unfall arrangieren. Es gibt keinen anderen Weg für ihn. Und was mich betrifft: Mir wird er eine neue Identität geben, wie schon einmal. Vielleicht in Südamerika. Vielleicht in Europa. Er traut mir.«

»Und — kann er Ihnen trauen?«

Sebastian gab keine Antwort. Er konnte mir nicht in die Augen sehen.

Ich stand auf und ging in dem Schuppen auf und ab wie ein Gefangener in seiner Zelle. Sebastians Geschichte verwirrte mich. Es war, oberflächlich betrachtet, eine pathetische Story, voll von Selbstmitleid, und Sebastian spielte diese Variante voll aus. Vielleicht hatte er das Recht dazu, das konnte ich nicht sagen, aber in solchen Beziehungen gibt es meist eine innere, eine logische Ökonomie, eine Belohnung für jeden der Beteiligten oder zumindest eine Spannung, die von einer dritten, den Konflikt auslösenden Person erzeugt wird. Wie auch immer — ich war nicht in der Stimmung, das herauszufinden. Ich war eingesperrt in einem Schuppen mitten in der Wüste, der Erfolg des großen Gangsterstücks war gesichert, und mein Kopf würde demnächst zwischen prähistorischen Fischen treiben. Je schwieriger die Sache wurde, desto wichtiger kam mir plötzlich der Sieg Hawthornes vor. Ich war ihm offenbar nun endgültig auf den Leim gegangen. In meinen Gedanken nahm er bereits die Ausmaße von Lao-tse an, ein großer geistiger Führer, der unsere Nation aus der Dunkelheit ins Licht geleiten konnte.

»Wissen Sie, wo die Explosion stattfinden wird?« fragte ich.

An der Kreuzung Hollywood und Harbor Freeway. In der Nähe des Music Center. Um drei Uhr morgens.«

In fünf Stunden also.

»Und wer wird sie veranstalten? Jonas?«

»Er und ein paar andere.«

»Wie wollen sie Eppis hineinziehen?«

»Inzwischen wurden an alle größeren Zeitungen und Fernsehstationen Briefe geschickt, in denen Eppis mit seiner Unterschrift die Verantwortung für die Tat übernimmt und seine Unterstützung für Hawthorne bekräftigt. Die Briefe kommen morgen früh an, ein paar Stunden nach der Explosion.«

»Und was passiert, wenn die Leute der Sache nachgehen? Wenn sie dahinterkommen, daß Eppis gar nicht mehr lebt?«

»Bis dahin ist die Wahl bereits Geschichte.«

Damit hatte er etwas Wahres gesagt.

Ich schüttelte den Kopf, versuchte, die Wirkungen des Pentothals zu überwinden. Ich vergaß die Taubheit meiner Glieder, stellte zwei Metallkörbe gegen die Wand und kletterte hinauf zu den Lüftungsschlitzen. Als ich hindurchschaute, sah ich den Alten vor dem Schuppen sitzen. Er hatte ein Gewehr in der Hand. Zu seiner Rechten tauchte die Sonne hinter die Panamint-Berge und beleuchtete das Gesicht des Alten in einem seltsamen Ockerton. Ich stand da und schaute hinaus, als ich einen Schrei vor dem Wohnmobil hörte.

»Komm, Mädchen, was willst du denn hier in diesem miesen Flohweiher mitten in der Wüste?« Es war der Rancher. »Ich will ja nicht mehr, als daß du mit mir eine Woche in Barstow bleibst. Im Arabian Nights Motel. Dort gibt es in jedem Zimmer Farbfernsehen.« Er stand vor Cynthia, die sich umgezogen hatte und jetzt einen Wildlederrock und eine naturgebleichte Bluse anhatte. »Komm schon, Herzchen«, sagte er und stolperte über seine Beine. »Du siehst genauso aus wie meine Tochter, die mir vor fünf Jahren nach San Francisco durchgebrannt ist. Hübsches kleines Ding; jetzt trägt sie Perlenschnüre und lauter so Zeug.«

»Tut mir leid, mein Lieber.« Sie trat von ihm weg und ging zurück ins Wohnmobil.

»Dann sollst du in deiner eigenen heißen Scheiße ersticken!« sagte der Rancher.

Der Alte begann zu lachen.

»Was lachst du denn so blöde?« fuhr ihn der Rancher an.

Der Alte schüttelte nur den Kopf.

»Behalte dein Lachen lieber für dich, sonst hau' ich dir deine Knarre über die Nase.«

Der Alte zuckte mit den Schultern.

»He!« Ich legte die Hände um meinen Mund und brüllte durch den Lüftungsschlitz. »Sie hätten hören sollen, was dieser Kerl über Sie gesagt hat.«

Der Rancher drehte sich herum, schaute, woher die Stimme kam.

Er ging auf den Schuppen zu. Durch den Schlitz war nur die obere Hälfte meines Gesichts zu sehen, und der Rancher brauchte eine Weile, ehe er mich erkannte. »Hallo, alter Freund«, sagte er. »Was machen Sie denn da oben?«

»Ich treibe mich nur so rum.«

Er klatschte in die Hände. »Verdammt, die haben dich ja ganz schön eingelocht. Was hast du denn angestellt?«

»Hören Sie, haben Sie nicht mitgekriegt, was dieser alte Schweinehund zu Ihnen gesagt hat?« Ich deutete in die Richtung des Alten, der sich drohend mir zugewandt und seine Flinte vorsichtshalber gespannt hatte.

»Was hat er denn gesagt?« fragte der Rancher und näherte sein Ohr dem Schuppen.

Ich flüsterte ihm zu: »Er hat gesagt, der einzige Grund, warum Sie immer hierherkommen, ist, weil Ihre Frau mit den Helfern auf Ihrer Ranch bumst.«

»Das hat er gesagt?«

»Ja.«

»Das war natürlich nur zum Spaß.«

»Von wegen.« Ich ließ eine bedeutungsvolle Pause entstehen. Der Rancher wandte sich von mir ab und starrte auf den Alten. »Und wissen Sie, was er noch gesagt hat? Daß der Junge gar nicht Ihr Sohn ist. Daß Ihre Frau damals in San Bernardino mit einem Mann namens Peterson zusammengewohnt hat.«

»Das ist eine Lüge!« Der Rancher lief rot an.

»Brüllen Sie lieber den da an.« Ich nickte in Richtung auf den Alten. »Er hat es direkt vor Ihrem Sohn gesagt.«

»Hat er?« Der Rancher stürmte auf den Alten zu. »Was ist das für ein Scheißdreck, den du da von dir gibst, du alter Trottel?«

»Nichts, Mister. Ich hab' gar nichts gesagt. Sie sind gar nicht wert, daß man über Sie redet.«

»Was soll das nun wieder, du alter Furz?« Der Rancher riß dem Alten die Flinte aus der Hand und schleuderte sie fort.

»Ihr Junge war ganz schön durcheinander«, fügte ich hinzu. »Er läuft jetzt überall herum und sucht Sie.«

»Er sucht mich?« Der Rancher packte den Alten am Kragen. »Du gemeiner Saukerl!« sagte er und verpaßte ihm einen saftigen rechten Haken aufs Kinn. Der Alte streckte sich erst ganz lang, dann brach er zusammen. Seine Augen hatten den glasigen Blick eines Boxers nach dem dritten k. o. Allmählich machte ich mir Sorgen um ihn.

»Du mieser, verlogener Saukerl«, sagte der Rancher und

wandte sich von dem Alten ab, ging wieder auf das Wohnmobil zu. »Ralph . . . Ralph Murchison, komm heraus, ich hab' dir was zu sagen!« Er ging die Treppe hinauf zur Tür.

»He, Mister — äh — Mr. Murchison!«

»Ja?«

»Bevor Sie hineingehen, könnten Sie mir einen kleinen Gefallen erweisen?«

»Was denn?«

»Lassen Sie mich hier raus.«

»Das geht nicht. Es ist ein Kombinationsschloß.«

»Dann schießen Sie es doch einfach ab.« Ich streckte meine Hand durch den Lüftungsschlitz und deutete auf die Flinte.

Er schaute mich einen Augenblick lang an. »Okay, Buddy«, sagte er und grinste breit. »Aber laß die Huren gefälligst in Frieden, das sind nette Mädchen.« Er nahm die Flinte und zielte auf die Tür.

»Einen Moment!« brüllte ich und deutete Sebastian an, er solle sich an die andere Wand drücken. »So, jetzt los.«

Der Rancher feuerte, und der Schuß riß die Tür aus den Angeln.

Der Schuppen war plötzlich voll von dichtem Staub. Ich ging hinaus.

»Danke, Mr. Murchison.«

»Nichts zu danken, alter Knabe.« Er ging auf das Wohnmobil zu. »Ralph! Ralph Murchison, komm sofort heraus.«

»Also dann, Sebastian«, sagte ich. Der Sohn des Spielers saß zusammengesunken in einer Ecke des Schuppens. Ich fragte mich, was wohl aus ihm werden würde, hatte aber keine Zeit, mich darum zu kümmern.

Ich überquerte den Kiesweg, der um den Weiher herumführte. Ich nahm an, es konnte nicht später als zehn Uhr abends sein, und mit etwas Glück war ich rechtzeitig zurück in Los Angeles, um das Bombenattentat zu verhindern, vorausgesetzt, die Attentäter warteten bis drei Uhr morgens. Ich setzte mich in den Buick und fand meine Reserveschlüssel in der Magnetschachtel unter dem Radio. Ich drehte am Zündschloß. Nichts. Noch einmal. Kein Kontakt. Kein Zündfunke, kein Bremslicht, kein Radio, nichts. Ich stieg aus dem Wagen und öffnete die Motorhaube. Jemand hatte das Innere mit einem Hammer bearbeitet. Der Block war beschädigt, die Lichtmaschine zerbrochen. Procari plante offenbar sehr sorgfältig.

Ich trat zurück und fühlte wieder die Wirkung des Pentothals. Vielleicht konnte ich in Los Angeles anrufen, aber die Leitungen im Ranchhaus wurden vermutlich überwacht. Außerdem gab es die beiden Flugzeuge. Zwei Männer saßen im Cockpit einer Piper Cub und bereiteten sich auf den Abflug vor. »Stehenbleiben!« brüllte ich und rannte auf sie zu. »Stehenbleiben!« Aber sie konnten mich beim Dröhnen des Motors nicht hören. Die Piper stieg auf in die Nacht, und ihre roten Signallampen blinkten kurz danach am schwarzen Himmel. Die Landebahn war leer.

Ich ging einfach weiter. Wenn ich mich an die Landstraße hielt, war ich bis zum frühen Morgen an der Death Valley-Kreuzung. Gerade rechtzeitig, um in einem ländlichen Frühstückslokal die Morgennachrichten im Fernsehen mitzubekommen. Barbara Walters, die mit ernstem Gesicht die Zahl der Menschen verlas, die bei der Explosion auf dem Harbor Freeway ums Leben gekommen waren; danach ein Interview mit einer der wichtigsten Figuren der Hawthorne-Kampagne.

›Glauben Sie, daß dies die Bemühungen des Kandidaten, die amerikanische Öffentlichkeit für sich zu gewinnen, in Frage stellen kann?‹ Vielleicht sogar eine Frage an den Wunderknaben Nate Sugars: ›Der Computer ist nicht unfehlbar, Mr. Newman. Aber was auch für Schaden entstanden sein mag, bei den Wahlen am kommenden Dienstag wird sich zeigen, daß man auf diese Weise unserem Kandidaten nicht beikommen kann. Senator Hawthorne wird siegen. Die Wähler wissen, daß man Senator Hawthorne keinesfalls eine solche Untat zutrauen kann, selbst wenn —‹

›Selbst wenn — was? Selbst wenn einige der Leute, die ihn unterstützen, dazu in der Lage wären?‹

›Das habe ich nicht gesagt, Mr. Newman. Ich bezweifle auch, daß dies das Werk derjenigen sein kann, die Hawthorne unterstützen. Im Gegenteil — nach den Informationen, wie sie sich uns jetzt darbieten, haben wir allen Grund zu der Annahme —‹

›Sind das Informationen, die sich beweisen lassen, Mr. Sugars?‹

›Wir sind dabei, das zu überprüfen . . .‹

›Ich verstehe . . .‹

*

Danach ein Werbefilm und dann ein Bericht, wie die Polizei versucht, den Verkehrsfluß auf den Schnellstraßen von Los Angeles einigermaßen wieder in geregelte Bahnen zu lenken.

Ich drehte mich um und ging wieder auf das Wohnmobil zu. Ein paar von den Farmarbeitern waren zurück von den Dattelplantagen. Ich berührte den Sattel von Murchisons Harley-Davidson und ging dann an den Arbeitern vorbei zur Seitenwand des Wohnwagens. Aus Cynthias Kabine fiel gelbes Licht, und die Jalousinen waren heruntergelassen. Ich klopfte gegen das Glas. Keine Antwort. Ich versuchte es noch einmal.

»Cynthia!«

Sie kam ans Fenster, zog die Gardine ärgerlich zurück. Hinter ihr sah ich die Gestalt eines Mannes, der seine Unterhose festhielt.

»Ach, du bist es«, sagte sie.

»*Aristide Bruant dans son cabaret* zu Ihren Diensten, Madame.« Ich tippte an meine nicht vorhandene Hutkrempe wie Maurice Chevalier in dem alten Lubitsch-Film.

»Wenn du später zurückkommst . . .« Sie lächelte.

»Das geht nicht. Ich bin in Schwierigkeiten.«

»Was?«

Ich trat näher an das Fenster heran. »Ich muß hier weg, so schnell wie möglich.«

»He! Was geht denn hier vor?« Der Mann mit der Unterhose kam auf das Fenster zu. Er war jung, mit kurzgeschnittenem Haar, wie es Mitglieder von Studentenvereinigungen haben. »Ist das dein Freund, oder was?«

»Worum geht es denn?« fragte sie mich.

»Ach, ich hab' Blödsinn gemacht. Und jetzt droht dieser blöde Rancher, mich umzulegen.«

»Wirklich?«

»Er stürmt durch die Ranch und erklärt, ich hätte Lügen erzählt über seine Frau und seinen Sohn.«

»Aha, du bist also derjenige!« Ihre nackten Brüste preßten sich gegen das Glas, daß die Brustwarzen ganz plattgedrückt wurden. »Ich dachte, er ist hinter dem Koch her.«

»Der sucht mich auch. Was soll ich denn tun?«

»Abhauen, bevor man dich abknallt.«

»Ich kann nicht. Der Saukerl hat meinen Wagen kaputtgemacht.«

Sie überlegte einen Augenblick. »Sieht so aus, als steckst du wirklich in Schwierigkeiten.«

»Da kannst du recht haben. Es sei denn . . .«

»Was?«

»Du besorgst mir die Schlüssel für sein Motorrad.«

»Bist du verrückt?«

»Nein. Steck ihm einfach die Hand in die Tasche, dann wirst du ja sehen, ob ihm das unangenehm ist.«

»Vor zwei Wochen hat der Kerl einem Mädchen den Arm gebrochen, nur weil es gelacht hat, als er keinen hochbekam.«

»Cynthia, willst du deine Hände mit meinem Blut besudeln?«

»Hör zu, Moses, du bist ein netter Kerl und alles mögliche, aber . . .«

Der Student näherte sich, legte ihr einen Arm um den Hals und küßte sie von hinten. Sie schnitt eine resignierende Grimasse. »Tut mir leid«, sagte sie.

»Bitte, Cynthia . . .«

Der Student zog die Vorhänge zu.

Ich ging auf die andere Seite des Teichs, setzte mich auf die Wurzel einer Esche, die sich bis zum Wasser erstreckte. Genau gegenüber schliefen die Schwäne, die langen Hälse mit den roten Schnäbeln unter den Flügeln. Die Zeit wurde allmählich knapp. Ich lauschte auf die Geräusche der Wüste, das Summen Tausender von Insekten, und mußte wieder an Lila Shea denken. Wenn sie bloß die Finger von Eppis gelassen hätte. Aber das war typisch Lila: Sie mußte jeden noch so unbedeutenden politischen Modetrend mitbekommen, als sei er der letzte Schrei unseres Jahrhunderts. Und vielleicht war Eppis gar nicht so übel gewesen. Sicher, er war auf eine alberne Sekte hereingefallen, aber er hatte wenigstens genügend Hirn gehabt, unter die Oberfläche zu schauen. Das schien ihn das Leben gekostet zu haben.

Ich gab es auf, ließ mich zurücksinken und betrachtete das Schilf, das sich vor meinen Augen bewegte.

Dann hörte ich ein Rascheln im Schilf. Ein Geräusch, das offenbar sogar die Schwäne geweckt hatte. Ich beugte mich auf die Seite. Neben mir im Gras lag ein Schlüsselbund. An der Kette hing ein Goldmedaillon mit dem Wappenzeichen von Barstow Grange. Es war Arthur P. Murchison gewidmet, für zwanzig Jahre treue Dienste an der Gemeinde.

»Angenehme Fahrt«, sagte Cynthia am Rand des Teichs.

19

Vorbei an Lathrop Wells, Johnnie, Pahrump und Soshone. An den heißen Quellen von Tecopa, über den Ibed-Paß und den Amargosafluß. Die Harley lief wie ein durchgegangenes Pferd. Viertakter, vertikaler Doppelmotor. Mein Hemd preßte sich gegen die Haut. Der Wind fuhr in meine Kehle, sauste an meinem Hals vorbei. Ich hatte seit mindestens sieben Jahren auf keinem Motorrad mehr gesessen.

Silurian Lake, Silver Lake, Baker, Bäume, die in der Nacht vorbeitanzten, die Straße, die wie eine Fahne gegen meine Räder schlug; Tankstellen und Cafés. Schilder DIES IST DEIN LAND. HALTE ES SAUBER. Ich hielt an einem Holiday House vor Barstow, kippte einen Kaffee hinunter und eine halbe Packung Hallo-wach. Schlagzeile des *Tri-City Express*: ›Rekordergebnis für Demokraten erwartet.‹

Dann wieder auf der Straße: das Arabian Nights Motel, dessen Neonschrift ›Belegt‹ blinkte. Und weiter nach Victorville, über den Cajonpaß und die San Bernardino-Mountains, nicht anhalten, nicht denken, nicht auf die Straßenpolizei achten, keine Angst vor einem Unfall haben. Wenn Hawthorne diesen Wahlkampf gewann, würde ich meinen Preis dafür nennen. Der Ovale Salon würde in ›Lila-Shea-Gedächtnis-Salon‹ umgetauft werden. Mindestens ein jüdischer Privatdetektiv würde eine direkte Leitung zum Weißen Haus bekommen.

Etiwanda, Cucamonga, die Countygrenze von Los Angeles, Claremont. Der Verkehr wurde allmählich dichter, bereitete den Höhepunkt vor, das Crescendo der Schnellstraßen. Santa Ana, Harbor und San Bernardino Freeway, die 605, Long Beach Freeway, Garden Grove und Golden State Freeways begegneten und schnitten sich in kunstvollen Auffahrtsrampen, mehrstöckigen Verschlingungen. Die Stadt der Engel; das Becken, das die Indianer ›Land des vielen Rauchs‹ nannten.

Ich verlangsamte meine Fahrt in der rechten Spur und bog am Broadway nach Chinatown aus. Die Straßen waren noch leer, mit Ausnahme einer kleinen Menschenansammlung vor der Cantor Bar, die auf den Hof der Bank von Hongkong hinausging. In der Halle der Bank war eine große Digitaluhr. 2.30 Uhr. Die Harley schnurrte leise unter mir, stolz auf ihre Leistung. Ich tuckerte um den Block, vorbei an einem Metzgerladen und ei-

nem großen chinesischen Supermarkt zu einer orientalischen Shelltankstelle mit Löwenstatuen neben den Zapfsäulen und einem Pagodendach. Ich hielt an der Tankstelle und telefonierte. Dann fuhr ich weiter, den Berg hinauf durch die Yale Street, und parkte neben der Schnellstraße, fünfzig Meter vom höchsten Punkt entfernt. Stieg vom Motorrad und ging den Rest des Weges zu Fuß, so unauffällig wie möglich, durch den Wald von Stützpfeilern. Über der Straße sah ich die Pfeiler des Music Centers. Und ich sah die Reflexionen des Wasserbeckens und das Relief am Forum Theatre. Darunter die Fassade eines Restaurants, ›The Little Executive‹, ein Holzlager und eine Feuerwehrstation.
Ich lehnte mich gegen einen Betonblock. Die Gegend unterhalb der Straße war menschenleer, und es roch nach faulem Gras. Etwa alle dreißig Sekunden röhrte über mir ein Wagen dahin. Hier war es niemals ruhig, nicht einmal in den frühen Morgenstunden. Ich beobachtete die Straßen, über die man hierherkam: die breiten Avenues von der Innenstadt und die kleineren Seitenstraßen von Chinatown herauf. Links von mir zweigte die Temple Street ab, daneben der Sunset Boulevard, der an der Olvera Street im Osten begann, mitten in den ›Pico Restorations‹, einer Kaufhausversion des alten Mexikos, wo es nach matschigen, zuckersüßen Kuchen und abgestandener Guacamole roch. Ein Konzertpodium krönte den Mittelpunkt der Piazza, wo vor Jahren Bobby Kennedy gestanden und die Hochrufe eines lateinamerikanischen Diktators entgegengenommen hatte. *Viva Bobby!*

Meine Hände waren schweißnaß, klebten in meinen Hosentaschen. Ein Möbelwagen ratterte durch die untere Straße und dröhnte zwischen den Pfeilern hindurch. Ich wartete, wünschte, ich hätte eine Waffe, wußte jedoch, daß ich sie nicht benützen würde. Die Minuten schlichen dahin, die Zeit war zerhackt wie in einem Cannabis-Traum. In der Ferne ein Volkswagenbus, der näher kam und vor dem Holzlager parkte. Aus der entgegengesetzten Richtung näherte sich eine einzelne Gestalt zu Fuß dem Durchgang. Ich duckte mich hinter einen Pfeiler. Er trug einen dunklen Anzug und ein Taschentuch vor dem Gesicht. In der rechten Hand hatte er eine schwarze Schachtel. Ich beobachtete ihn, wie er bis zum Ende des Durchgangs ging, dann umkehrte und zurückging in Richtung Temple Street.

Augenblicke später traten zwei weitere Männer mit Taschentüchern vorm Gesicht zu ihm; der eine hatte eine ähnliche Schachtel, der andere trug eine Rolle auf der Schulter. Gemeinsam duckten sich die drei Männer, näherten sich der Stelle, wo sich die Schnellstraßen kreuzten. Der Mann mit der Rolle ließ das Ende des Drahtes hinter sich, rollte ihn ab beim Gehen. Als sie an der entgegengesetzten Wand angekommen waren, stellten die beiden Männer ihre Schachteln etwa fünfzehn Meter voneinander entfernt auf und begannen die Zünder zu befestigen.

Ich schlich an der entgegengesetzten Wand entlang auf die Temple Street zu. Schaute nach unten, zog meine Jacke aus und gab dem Volkswagen unter mir ein Zeichen. Sechs Leute stiegen aus dem Wagen und schlichen die Anhöhe nach oben. Sie hatten schwarze Kleidung an und trugen Masken vor dem Gesicht. Ich deutete ihnen an, sie sollten sich beeilen. Gleich danach begannen sie zu rennen. Die Männer schauten von ihren Zündern hoch. Der eine mit der Drahtrolle ließ sein Ende des Drahtes fallen und rannte auf die Straße hinaus. Er sah sich sechs Gestalten mit Aztekenmasken gegenüber. Sie kamen rasch auf ihn zu und sangen dabei. Einige von ihnen hielten Messer hoch über den Köpfen. Alora stand vor ihnen, ihren schönen Körper in ein kunstvolles Priesterinnengewand gehüllt, eine Amazone auf Beutezug.

»Paßt auf!« brüllte der Mann, der die Drahtrolle getragen hatte.

Seine zwei Kumpel rannten zu ihm hinaus auf die Straße. Einer zog eine Achtunddreißiger aus dem Jackett und feuerte damit auf die näher kommenden Chicanos. Die suchten Deckung bei den nahe gelegenen Häusern; einer hielt sich den Arm; das Blut lief über seine schwarze Robe.

Dann drehten sich die drei Männer um und rannten in der entgegengesetzten Richtung davon, den Hügel hinunter, während sie noch von zwei Schauspielern verfolgt wurden. Am nächsten Randstein stolperte der Mann mit der Pistole und fiel auf den Gehsteig. Alora brüllte. Ihr Bruder sprang auf den am Boden liegenden Mann, hielt ihm das Messer vor die Augen. Mit einer einzigen Bewegung stach er es ihm zwischen die Rippen, drehte ihn um und zerrte ihn am Kragen weg. Ein Strom von Blut lief in den Abfluß.

Später fuhren wir im Volkswagenbus durch eine gewundene Straße in Elysian Park. Ich saß vorne und hielt die schwarze Schachtel fest, während Jorge den Wagen steuerte. Seine Schwester saß neben mir. Ich fühlte ihren Schenkel an meinem. Hinten lag einer ihrer Freunde stöhnend auf der Ladefläche, einen Notverband um den Arm. Am Stopzeichen bogen wir in den Stadium Way in Richtung Chavez Ravine ein.

»Sie sind ein sehr schlauer Mann«, sagte Jorge. »Es war sehr schlau, dieses Attentat zu stoppen.«

»Ja, ich weiß«, sagte ich, brachte freilich nicht allzuviel Begeisterung auf. »Sehr schlau. Sie würden kaum glauben, wie schlau ich bin.«

»Was meinen Sie damit?« fragte Alora.

»Ich meine das«, sagte ich, öffnete die Schachtel und nahm eine Dynamitstange heraus. Ich hielt sie hoch, brach sie auf, und braunes Pulver rann auf den Boden.

»Sand?« fragte sie.

»Sand«, bestätigte ich.

»Ich Idiot«, sagte Jorge und fuhr am Tor des Dodger-Stadions vorbei. Auf der Anzeigetafel jenseits des Parkplatzes stand in Leuchtbuchstaben: ALS NÄCHSTES DIE GIANTS!

»Ich bin also den ganzen Weg von Nevada hierhergefahren, nur wegen eines albernen Täuschungsmanövers . . . Wie spät ist es?«

»Drei Uhr fünfunddreißig«, sagte jemand hinter mir.

»Und irgendwo in dieser Stadt findet in diesen Minuten eine Explosion statt«, sagte ich, aber ich dachte an etwas ganz anderes. Ich dachte an Sebastian, wie er mich belogen hatte, was den Ort des Bombenattentats betraf. War das Absicht, oder hatte ihm sein Vater die Unwahrheit gesagt? Ich konnte es nicht mit Sicherheit sagen. Aber es war ja inzwischen ohnehin ein rein akademisches Problem.

»Nun, Mr. Detektiv«, sagte Jorge, »und was machen wir jetzt?«

»Ich weiß es nicht.«

»Sie wissen es nicht? Sie hetzen uns mitten in der Nacht hierher, bringen es fertig, daß man Esteban ein Achtunddreißigergeschoß in den Arm verpaßt, das alles für ein Paket voll Sand, und Sie wissen nicht, was wir jetzt tun sollen? Ich fürchte, Sie werden mir dafür eine gute Antwort geben müssen, *gabacho*.«

Ich versuchte es gar nicht erst.

Ich lehnte mich ans Fenster und starrte hinaus über die Stadt. Aus meinem Blickwinkel konnte ich die City Hall und das Gerichtsgebäude, den Hollywood Freeway und die Kreuzung mit dem San Bernardino Freeway sehen. Ich rechnete jeden Augenblick damit, daß etwas zusammenkrachte. Und ich wollte es nicht sehen. Ich ließ mich zurücksinken und schloß die Augen, aber das Bild der Stadt blieb. Ich hätte die Skyline mit dem Finger nachzeichnen können, die möglichen Stellen für eine Detonation. Es war unmöglich, sie zu schützen.

»Vielleicht lassen sie das Gebäude der Times in die Luft gehen«, sagte ich. »Das hat schon mal Los Angeles einen sozialistischen Bürgermeister eingebracht, damals neunzehnhundertelf.«

»Scheißattentat«, sagte Jorge. »Fahren wir lieber heim und sehen zu, daß sich ein Arzt um Esteban kümmert.«

Er wendete auf dem Parkplatz und fuhr dann aus dem Park hinaus in Richtung Riverside. Ich kurbelte das Fenster herunter und atmete die feuchte Nachtluft ein. Eine Wolke war vom Pazifik hereingetrieben und hatte den Mond verhüllt.

»Nein«, sagte ich. »Fahren wir zu derselben Stelle zurück.«

»Was?« fragte Jorge und starrte mich feindselig an. »Kommt gar nicht in Frage. Wir haben für heute nacht genug.« Er drehte sich um und schaute seine Schwester an. »Wenn es etwas gi[illegible] was ich nicht ausstehen kann, ist das ein *gabacho*, der so tut, a[illegible] wäre er besonders klug.«

»Hören Sie«, sagte ich, »natürlich bin ich nicht hundertprozentig sicher, aber ich glaube, daß man uns hat aufsitzen lassen. Man hatte Gründe für die Vermutung, wir könnten eingreifen, und sie wollten das erst einmal ausschalten.«

»Wieso konnten sie es wissen?« fragte Alora.

»Ich war in Nevada, weil ich diesen bewußten Alfred Craw in Tonopah suchte, und landete schließlich in einem gottverlassenen Ort namens Cottonwood-Wiesen . . . Es ist zu kompliziert, es jetzt zu erklären. Tut, was ihr wollt.« Ich ließ mich wieder zurücksinken und schaute auf meine Knöchel.

»Gut«, sagte Jorge. »Dann können Sie auch gleich hier aussteigen.« Er hielt an und machte die Tür auf meiner Seite auf.

Bevor ich mich bewegen konnte, beugte sich Alora nach vorn und packte ihren Bruder am Arm. »Esteban geht es schon besser«, sagte sie.

»Na und?«

»Na und?« wiederholte sie und schüttelte den Kopf. *»So no hay tiempo para hablar. Ve al centro como dice.«* Sie sprach mit der Autorität eines Regisseurs.

»Es ist blöd«, sagte ihr Bruder, aber er wendete noch einmal und bog in den Golden Gate Freeway Richtung Stadtzentrum ein. Der Verkehr war schwach. In knapp einer Minute tauchte vor uns wieder das Music Center auf. Wir verlangsamten die Fahrt, bogen in Chinatown vom Freeway ab und näherten uns der Freeway-Kreuzung von der Shelltankstelle und dem Supermarkt her. Jorge parkte vor einer Versicherung nicht weit von der Stelle, wo der Mann vorhin niedergestochen worden war. Er lag nicht mehr auf dem Abflußgitter. Und die Gegend unter den Schnellstraßen war leer.

»Sehen Sie«, sagte Jorge. »Sie sind weg. Also.«

»Ich glaube nicht«, sagte ich, öffnete die Tür und sprang aus dem Wagen. Die anderen sahen mir nach, als ich über die Autobahnbrücke hinüber auf das Forum Theater deutete. An der Fassade hing ein riesiges Transparent.

HOWARD EPPIS UND
DIE PARTEI FREIES AMERIKA
UNTERSTÜTZEN
HAWTHORNE

Der Text war in riesigen Lettern auf weißes Tuch gemalt und mindestens eine Meile weit zu sehen und zu lesen. Am unteren Ende des Transparents war Eppis' Foto zu erkennen, auf dem er in der einen Hand ein Gewehr, die andere Hand zur Faust erhoben hatte — ein Alptraum aus den sechziger Jahren, der hier an der Kreuzung der Hollywood- und Santa-Ana-Schnellstraßen zu neuem Leben erweckt wurde.

Ich ging ein paar Schritte und zog eine imaginäre Linie von dem Transparent zur Brücke. Dann deutete ich den anderen an, mir zu folgen. Ein Mann blieb bei Esteban, und wir fünf näherten uns dem Durchgang, wobei wir uns, so gut es ging, hinter neu gepflanzten Kakteen verbargen. Unten in der Temple Street war niemand auf den Gehsteigen. Eine Frau spazierte mit ihrem Hund auf der Plaza vor dem Music Center. Niemand redete ein Wort. Wir näherten uns den Pfeilern der Schnellstraßen, lauschten auf Geräusche, auf das Zischen einer Lunte. An der Ecke Temple und Grand Street wandten wir uns der Abfahrtsrampe zu, erstarrten. Ein Tabu, das Betreten einer Autobahn, hielt uns zurück.

Und dann sahen wir es: ein Faß Dynamit in der Mitte der Schnellstraße! Der Draht für die Zündung lief in die entgegengesetzte Richtung. Die Wagen fuhren daran vorbei, offenbar ahnungslos, hielten das Faß vielleicht für einen Zementbehälter, den unachtsame Straßenarbeiter hier stehengelassen hatten.

Wir warteten auf eine Lücke im Verkehr, blickten gebannt auf den Draht und die Fernzündung auf der anderen Seite der Stützpfeiler. Autotransporter sausten vorbei, beladen mit fabrikneuen Pontiacs, gefolgt von drei Milchlastwagen von einer Molkerei in Orange County. Nachdem sie vorüber waren, duckten sich vier von uns und rannten über die Autobahn auf den Mittelstreifen zu. Und dann hörten wir ein Zischen von den Pfeilern her.

»*Corta-lo, hombre*«, sagte Alora zu ihrem Bruder, der das Messer gezückt hatte.

Jorge bückte sich und trennte den Draht vom Faß.

»*Suerte!*«

Unter uns fuhr ein Ford-Lieferwagen mit quietschenden Reifen los und röhrte durch die Temple Street in Richtung Figueroa. Es war derselbe Wagen, den ich vor Hawthornes Hauptquartier hatte wegfahren sehen — damals, als ich zum erstenmal mit Lila Shea dorthingekommen war.

20

»Sie haben gesagt, er lebt noch«, fuhr mich Jorge wütend an.

»Ja, also, ich — äh . . .« Wir trugen das Dynamitfäßchen über den Weg, der um den Echo Park Lake herumführte. Vor uns ein kleines Palmenwäldchen auf einer winzigen Insel, eine Miniatur-Bananenrepulik. »Ich kann das natürlich nicht mit Sicherheit behaupten.«

»Warum haben Sie es mir dann am Telefon gesagt?«

»Ich brauchte Hilfe. Und ich hatte nicht die Zeit, es ausführlich zu erklären.«

»Also ist er doch tot.«

»Das habe ich erst recht nicht behauptet.«

»Dann entscheiden Sie sich endlich mal, *gabacho.*« Diesmal war es Alora, die mich mit diesem Namen bedachte. Ihre Augen waren dunkel und anklagend. Das machte mich nervös. »Lebt Luis Vazquez noch, oder ist er tot?«

»Ich weiß es nicht.«

Sie schüttelte angeekelt den Kopf.

»Ay, pindejo!« sagte Jorge und ließ das Dynamitfaß auf den Weg plumpsen. Wir machten alle instinktiv einen Satz rückwärts. »Ich hab' keine Lust, das Zeug hier noch lang herumzutragen.« Er stieß mit dem Fuß danach und rollte das Fäßchen ins Wasser. Es platschte, als das Faß auf das Wasser aufschlug; dann trieb es an der Oberfläche dahin.

»Du hättest erst ein Loch hineinschneiden sollen«, sagte Alora.

»Ach, sei schon ruhig.«

Wir standen einen Augenblick lang da und sahen zu, wie das Dynamit auf die Mitte des Sees zutrieb. Bald begann das Fäßchen zu sinken.

»Siehst du, was ich gemeint habe?« sagte Jorge.

Alora wickelte ein paar Steine in das Transparent und warf es hinter dem Dynamitfäßchen her. Das Bündel sank rasch. Vermutlich würden es ein paar Kinder im Lauf des Sommers beim Fischen wieder heraufangeln.

»Was ist mit diesem Procari?« sagte sie. »Weiß er, wo mein Vater ist?«

»Wenn es jemand weiß, dann er.«

»Wo wohnt er?«

»In Rolling Hills.«

»Wo ist das?«

»Eine reiche Wohngegend am Ozean.«

»Und Sie glauben, er hält meinen Vater dort fest?«

»Das bezeifle ich. Er würde ihn vermutlich nicht in seinem eigenen Haus verstecken.«

»Wo denn dann?«

»Wer weiß. Vielleicht in einer Burg.«

»In einer Burg?«

Ich nickte. »In einer Burg kann man leicht jemanden verstekken. Da gibt es immer tausend Möglichkeiten.«

»Und wo ist diese Burg?« fragte sie. »In England oder in Frankreich?« Sie schaute mich zugleich nachdenklich und skeptisch an, und ich wollte sie am liebsten umarmen und die Burg und Procari und ihren Vater und alles andere vergessen.

»Irgendwo nördlich vom Sunset Boulevard und westlich vom La Cienega. Sie gehört Isabel La Fontana.«

»Wer ist das?«

»Ich glaube, sie war Procaris Frau.«

21

In den wenigen Häusern blinkte schon Licht, als wir den Queen's Way zum Haus von Isabel La Fontana hinauffuhren. Nur das obere Stockwerk eines Hauses mit Spitzgiebel war erleuchtet, und ein Mann ging im Bademantel vor seinem Fenster auf und ab. Beim Haus der Fontana verdeckte die dichte Ligusterhecke die normannische Burgfassade. Im Vorbeigehen war es schwer, herauszufinden, ob drinnen schon jemand wach war. Wir fuhren weiter, parkten an der Ecke Mulholland Drive, fünfzig Meter nach dem Haus, und kehrten zu Fuß zurück — vier von uns: Jorge, Manuel, Alora und ich. Als wir das Haus erreichten, brannte jedenfalls kein Licht unter dem Vordach, und das Tor vor dem Burggraben war mit einem Vorhängeschloß gesichert. Auf der anderen Seite sahen wir die Schäferhunde, die im Schlaf leise schnarchten.

Wir gingen um das Grundstück herum, näherten uns von der Seite über den gepflegten Rasen eines Hauses im Tudorstil und schauten zur Brüstung hinauf. Die oberen Fenster waren mit Läden verschlossen. Und nicht einmal durch die Ritzen war Licht zu erkennen. Wir gingen weiter zur Rückseite der Burg. Hier endete der Burggraben abrupt, und auch die Architektur war schmucklos, ein Betonkasten, als hätten die Erbauer plötzlich ihren Mittelalter-Tick aufgegeben und erkannt, daß er wohl doch ein wenig zu ausgefallen war, selbst für eine Gegend wie die Sunset Hills. Oder zu teuer. Jedenfalls, die Rückseite war so nichtssagend wie ein Motel, mit simplen Fenstern versehen wie ein Mittelklassewohnhaus. Der Ford Kombi parkte unter dem Akryldach der Abstellfläche.

Wir hörten eine Frau weinen. Ihre Schluchzer drangen durch die Fenster.

»Nicht, Oscar«, sagte sie. »Tu's nicht, ich bitte dich!«

La Fontana.

Ich kletterte zu dem Fenster hinauf. Die Frau saß halb, halb lag sie auf dem Boden, das Gesicht hinter den Händen verborgen, die Stirn so tief, daß sie fast das Parkett berührte. Ihr Haar war zerrauft, ihre Haut fleckig und faltig. Sie sah aus wie eine Siebzigjährige.

Procari stand ihr gegenüber, flankiert von Jonas und dem anderen Schlägertyp. Jonas hatte seinen Revoler in der Hand, aber er zielte nicht auf sie. In der entgegengesetzten Ecke saß Sebastian auf einem Sofa, zusammengesunken und mit aschfahlem Gesicht.

»Was willst du denn, Isabel?« fragte Procari. »Willst du, daß wir zehn Millionen Dollar verlieren?«

»Was sind schon zehn Millionen für dich?«

»Auch du verlierst dabei, Isabel.«

»Das ist mir egal.«

»Ach, das ist dir egal? Ich tu' dir einen Gefallen und lass' dich daran teilhaben. Seit ich die Kirche geschlossen habe, jammerst du mir vor, wie arm du bist. Man könnte denken, du lebst von der Fürsorge.«

»Du kannst den Jungen nicht zu so etwas zwingen.«

»Den Jungen? Er ist dreiunddreißig.« Procari nahm den Telefonapparat von einem kleinen Tischchen und trug ihn zum Sofa, reichte seinem Sohn den Hörer. »Siebenvierdrei—viernullnullnull. Frag nach dem Nachtredakteur.«

»Was soll ich sagen?« fragte Sebastian.

»Du bist Eppis, und in dem Brief, den du der *Times* geschickt hast, war ein Fehler. Du hast die frühen Morgenstunden des ersten Juni, nicht die des einunddreißigsten Mai gemeint.«

»Ich weiß nicht, ob ich das kann, Dad«, sagte Sebastian. Sein Gesicht begann sonderbar zu zucken.

Procari wandte sich an Jonas. »Wähl die Nummer.«

Jonas beugte sich hinunter und begann zu wählen, wurde aber durch lautes Gekläff unterbrochen. Die Schäferhunde rannten um das Haus und kamen geradewegs auf uns zu. Der erste sprang hoch und landete auf Manuel. Der zweite schnappte nach Aloras Bein. Ehe ich mich bewegen konnte, zog ihr Bruder sein Messer und schlitzte dem Hund die Kehle auf. Das Blut spritzte in hohem Bogen auf das Fenster. Der andere Hund zog sich entsetzt zurück und bellte hysterisch.

»Ach, schon wieder Mr. Wine.« Procari nickte mir von der Hintertür der ›Burg‹ aus zu. Er stand dort mit Jonas und seinem Begleiter, die beide Revolver in den Händen hatten. Sie deuteten uns an, wir sollten die Hände hochnehmen.

»Mr. Wine«, fuhr Procari fort, »Gentlemen und Lady, wollen Sie bitte ein paar Schritte zurücktreten.« Wir gingen rückwärts, während uns die drei Männer in den Hof folgten. Procari bückte sich zu dem toten Schäferhund hinunter. Der zweite wimmerte irgendwo im Hintergrund. »Miss La Fontana wird sehr entrüstet sein, wenn sie den Hund sieht. Er war ein Champion, wissen Sie. Er hat das blaue Band gewonnen bei der ›Hundeschau des Westens‹ in San Diego. Champion Hermes Trismegistus. Ein ziemlich übertriebener Name, finden Sie nicht auch, Mr. Wine?«

»Lächerlich.«

Jonas rammte mir den Lauf seiner Waffe in die Rippen. »Genau wie Oscarino und seine absurde Identifikation mit König Nestor«, fuhr Procari fort. »Die Schwachen haben immer eine starke Neigung zum Okkultismus; aber das wissen Sie ja, Moses.«

»Ihr Sohn wollte gar nicht König Nestor sein, Procari. Genausowenig wie Howard Eppis wollte, daß seine Gebeine einmal in einer schwarzen Schachtel im Büro des Coroners liegen.«

»Gut geraten, Mr. Wine. Exzellent. Mein Kompliment.« La Fontana kam aus der Tür und bemühte sich, aufrecht stehenzubleiben, aber sie schwankte wie eine Morphinistin. Procari drehte sich um und lächelte ihr zu. »Oscarino war stets mehr wie Isabel, kränklich und schwach. Schon als Kind litt er an einem schrecklichen Asthma. Wenn er nicht immer zu seiner Mutter gelaufen wäre, hätte aus ihm vielleicht ein richtiger Mann werden können.«

»Sagen Sie mir eines, Procari: Hat Ihr Sohn mich hereingelegt, was diese Schau unter der Autobahn angeht, oder war das Ihre teuflische Idee?« Es änderte wenig an den Tatsachen. Aber ich mußte ihn hinhalten, wenn wir heil aus dieser Falle herauskommen wollten.

»Mein Sohn hat noch nie eine originelle Idee gehabt.«

La Fontana kniete sich neben ihren toten Hund und begann

zu weinen. Ich wandte mich ab.

»Bleiben Sie ruhig!« sagte Jonas.

Ich machte einen Satz auf ihn zu, aber er schlug mir mit dem Kolben seines Revolvers auf das Schlüsselbein. Ich glaubte, gehört zu haben, wie ein Knochen splitterte.

»Wissen Sie, Mr. Wine«, sagte Procari, »wenn Sie so vernünftig gewesen und bei den Wiesen geblieben wären, hätten Sie mich nicht gezwungen, auch noch dieses neue Fahrzeug zu opfern. Ich hätte eine Lösung gefunden, die für uns beide einfacher und angenehmer gewesen wäre.«

»Sicher, etwas so Angenehmes wie eine Spritze Psilocybin, und dann hinunter in die Zisterne!«

»Einsteigen!« Die beiden Männer mit den Schußwaffen trieben uns auf den Kombiwagen zu und hinauf auf die Ladefläche. Es schien so, als hätten wir keine andere Wahl.

Jonas schloß die Tür und versperrte sie von außen. Ich fühlte, wie Alora neben mir zitterte.

»Bringt sie in den Tujunga Canyon . . . Tut mir sehr leid, Mr. Wine. Aber es geht nicht nur um mein Geld. Es geht auch um den Besitz vieler guter Leute, sozusagen ein Kartell. Wir können uns kein solches Risiko leisten.«

»Sie tun mir direkt leid, Procari. Ich wußte ja, daß Sie sich seit jeher um Ihre Lieben kümmern.«

Procari nickte, und Jonas ging um den Wagen herum. Das war es also. Ich versuchte, mich an den Text im Kaddish der Trauernden zu erinnern.

Dann plötzlich sah ich eine dunkle Gestalt oben auf der Brüstung. Und wie der Geist des Vaters in Oliviers Filmfassung des *Hamlet* hob er seine antike Waffe. Eine Sekunde lang dachte ich, es sei eine Illusion, das Resultat von vierundzwanzig schlaflosen, drogenbetäubten Stunden, aber dann feuerte die Waffe einen Schuß ab.

Procari fiel zu Boden, mit geplatztem Schädel; Gehirnmasse und Blut mischten sich auf dem Rasen.

Ein zweiter Schuß.

Diesmal war es Jonas, der gegen die Rückseite des Wagens geschleudert wurde.

Der zweite Schläger ließ seine Waffe fallen, warf sich dann selbst ebenfalls auf den Boden und bettelte um Gnade.

Ich stieg aus dem Wagen und schaute mich um.

Sebastian stand an der Hintertür und schluchzte. »Ich mußte ihn herauslassen. Ich mußte ihn herauslassen«, sagte er. »Allein hätte ich es nicht geschafft.«

Als ich mich wieder nach oben wandte, sah ich die dunkle Gestalt an der Brüstung deutlicher. Das Gesicht war faltig und bleich, als hätte sich der Mann in der letzten Zeit viel im Inneren des Hauses aufgehalten.

Luis Vazquez warf sein Gewehr auf den Boden.

22

Ich starrte durch das Fenster von Koontz' Büro auf den Al Batey-Markt und das kubanische Schallplattengeschäft. Der Morgen schien kein Ende nehmen zu wollen. Formulare, Fragen, Erklärungen, Interviews, Obduktionen — es dauerte alles eine Ewigkeit. Meine Schulter tat weh. Und mein Kopf fühlte sich allmählich an wie das Innere eines Dampfhammers. Offenbar hatten Craw und ein paar Ganoven aus Las Vegas eine hohe Wette auf Dillworthy gesetzt, im Namen von Monarco Enterprises. Die Firma ›Monarco Enterprises‹ gehörte der Caracoa-Gesellschaft, einer Tochter von Golfo Imperial Ltd. in Venezuela, die wiederum Procari gehörte. Und um das alles abzurunden, gab es gar keinen Alfred Craw. Craw war nichts weiter als ein Pseudonym, das Procari als Aufsichtsratsvorsitzender der Monarco Enterprises benützte. Es war im Grunde alles sehr langweilig. Als Koontz erklärte, er sei dabei, die ganze Geschichte abzuschließen, konnte ich nur grinsen. Aber zu diesem Zeitpunkt hätte ich alles getan, nur um heraus und nach Hause zu kommen.

»Ich glaube, es hätte nicht viel Sinn, die Zeitungen in diesen Fall einzuweihen«, sagte Koontz, lehnte sich über seinen Schreibtisch und langte nach seiner x-ten Zigarre.

»Wie Sie meinen«, antwortete ich. Mein Haftbefehl lag zu einem Ball zusammengeknüllt im Papierkorb.

»Einen Moment mal«, meldete sich Sugars, der neben mir saß. »So, wie ich die Sache sehe, hat die Öffentlichkeit ein Recht darauf, alles zu erfahren. Gewisse Interessenten, die möglicherweise mit Gouverneur Dillworthy unter einer Decke stecken — vielleicht auch nicht, wer weiß? —, haben ihm in die Hände gearbeitet und versucht, Senator Hawthorne zu ihrem eigenen finanziellen Nutzen zu diffamieren, die Wähler zu betrügen, und dabei den Tod mehrerer Personen herbeigeführt.«

»Ja, nun«, meinte Koontz, »so sehen Sie die Sache.«

»Ganz richtig.«

»Ja, so habe ich mir euch Pseudo-Liberale auch immer vorgestellt. Ihr seid Opportunisten, nichts weiter. Wenn ein Polizist einen Mexikaner erschießt, ist das Mord. Wenn ein Mexikaner einen Polizisten erschießt, ist das soziale Gerechtigkeit.«

»Nicht soziale Gerechtigkeit, Koontz«, sagte ich, »sondern ein Beweis für seine Schießkunst.«

»Wollen Sie damit sagen, Sie heißen den Mord an Polizeibeamten gut?«

»Oscar Procari war kein Polizeibeamter, Koontz.« Sugars war wütend. Ich war unruhig, wollte heim.

Koontz knurrte und drückte seine Zigarre aus. »Schauen Sie, ich habe keine Lust, mich mit Ihnen rumzustreiten. Ich hab' genug von euch gehört in meinen Propagandakursen auf der Polizeischule. Was mich betrifft, ist der Fall damit abgeschlossen. Wenn Sie ihn wieder eröffnen wollen, ist das Ihr Bier. Aber ich garantiere Ihnen: Wenn die Jungs von der Presse kommen und hier herumschnüffeln, werde ich alles abstreiten und soviel Durcheinander erzeugen, daß es bis zu den Wahlen ein ziemlich übles Bild ergeben wird.«

Sugars zuckte resignierend mit den Schultern.

»Wenn das Gespräch damit beendet ist«, sagte ich und stand auf, »dann werde ich mich jetzt erst einmal ein paar Stunden aufs Ohr legen.«

»Nicht so schnell, Wine«, zischte Koontz und langte in seine Schublade, holte einen Zettel heraus. »Da ist noch die Sache mit einem defekten Rücklicht, das nach unseren Feststellungen noch immer nicht repariert ist. Ich habe hier eine Mängelrüge über Ihren Wagen, Zulassungsnummer RLT siebenachtsechs.«

»Ich will die Justiz in diesem Fall nicht behindern. Sie finden den Wagen neben einer Feldstraße, dreiundzwanzig Meilen von Death Valley entfernt. Aber wenn Sie ihn holen, nehmen Sie einen größeren Abschleppwagen mit. Der Motor ist nämlich völlig kaputt, und die Hinterräder fehlen.«

Ich warf ihm die Schlüssel auf den Schreibtisch.

»Niemand mag solche Schlaumeier wie Sie, Weinberg«, sagte Koontz. »Aber wissen Sie, was?«

»Was?«

»Sie tun mir leid.«

Sugars und ich verließen gemeinsam die Polizeistation. Draußen war es heiß. Der Smog war schon ziemlich dicht für den letzten Tag im Mai, und ich schützte meine Augen mit den Händen vor der Sonne, als wir die Treppe hinuntergingen. Unten wandte sich Sugars in Richtung auf den Parkplatz.

»Ich hätte nie gedacht, daß Eppis tot ist«, sagte er, blieb stehen und blickte hinauf zum Himmel. »Ach, das hätte ich beinahe vergessen.« Er langte in seine Tasche und zog einen Umschlag heraus. »Hier ist Ihr Geld und eine Karte für die Siegesfeier unserer Partei im Beverly Hills Hotel.«

»Die Karte können Sie behalten«, sagte ich und gab sie ihm zurück. »Die Wahlen möchte ich lieber in aller Stille über mich ergehen lassen. Das ist bei mir schon Tradition. Außerdem bin ich nicht sehr gut auf Siegesfeiern ... Geben Sie sie Sebastian. Er ist bestimmt begeistert.«

»Sebastian?«

»Ja — der arme, blöde Kerl fühlt sich nutzlos seit seinem dritten Lebensjahr. Ich glaube, es würde ihn glücklich machen, wenn man ihm sagt, daß er bei der Siegesfeier gebraucht wird. Er hat Hawthorne in Wirklichkeit stets unterstützt, das wissen Sie ja wohl.«

»Das haben *Sie* gesagt ... Hören Sie — wie sind Sie eigentlich daraufgekommen, daß La Fontana seine Mutter ist?«

»Es war nur eine Vermutung. Isabel La Fontana war der Bühnenname einer Schauspielerin, die in den Fünfzigern in den Nachtklubs am Strip Furore gemacht hat. Sie trat mit ihrem kleinen Sohn auf, der damals schon großartig parodieren konnte: Jimmy Cagney, Jerry Lewis und so weiter. Sebastian war wirklich gut. Er ahmte Eppis' Stimme genau nach. Als er dann jammerte um das, was sein Vater seiner Mutter angetan hatte ...«

»Da haben Sie vermutet, daß es sich um La Fontana handelte.«

Ich nickte.

Er langte nach dem Türgriff eines gemieteten Oldsmobile, das mit Hawthorne-Plakaten vollbeladen war. »Kann ich Sie irgendwo hinbringen? Es ist sicher unangenehm in einer Stadt wie dieser ohne Auto.«

»Nein, danke. Ich werde abgeholt.« Ich deutete auf Alora, die vor ihrem Studebaker auf mich wartete. Sie sah großartig aus vor dem abblätternden blauen Lack. Ich winkte und ging hinüber, ohne mich noch einmal nach Sugars umzusehen. Dieser Wunderknabe hatte etwas an sich, das mir den Magen umdrehte.

»Wie geht es Ihrem Vater?« fragte ich, als ich neben Alora einstieg.

»Gut. Er schläft.«

Sie lächelte und küßte mich zart auf die Lippen.

»Das ist noch besser«, sagte ich.

Alora ließ den Wagen an, und wir fuhren zu Barragan, aßen *huevos rancheros*, blieben danach noch eine Weile sitzen und tranken Dos X.

Danach fuhren wir in mein Haus, ruhten uns aus und hörten ein wenig Valerie Simpson. Und nachher Scott Joplin. Es war ein schöner Nachmittag. In ein paar Stunden vergaß ich sogar, daß ich müde war.

23

Wie versprochen, verbrachte ich die Wahlnacht zu Hause mit den Kindern. Wir drei saßen im Schneidersitz auf dem Boden, hatten eine große Schüssel Popcorn vor uns und die Augen auf das CBS gerichtet. Jedenfalls eine Weile.

Simon schien fasziniert zu sein von Walter Cronkites Bewegungen mit der Kinnlade, während Jacob das Ganze zum Kotzen fand. Er stand auf und ging vor dem Fernsehgerät auf und ab, blockierte mir die Sicht.

»Nachrichten«, sagte er. »Alle Erwachsenen mögen Nachrichten.«

»Und was ist daran falsch?«

»Nachrichten sind Quatsch. Ich will Zeichentrickfilme sehen.«

»Heute abend gibt es keine Zeichentrickfilme«, sagte ich, aber er ging nicht weg und betrachtete mich mißtrauisch. »Schau, Jacob«, versuchte ich ihm vernünftig zu erklären, »das sind nicht einfach Nachrichten. Heute ist ein sehr wichtiger Abend. Heute geht es darum, wer als Präsident aufgestellt wird.«

»Tante Sonya sagt, Wahlen sind Opium für die dekadente Demokratie.«

»Geh jetzt endlich vom Fernseher weg.«

»Nein«, sagte er und klammerte sich ans Chassis.

»Du kriegst gleich eins verpaßt.«

»Madas sagt, Leute, die fernsehen, haben ein schlechtes Karma.«

»Madas soll sich gefälligst selbst am Arsch lecken.« Wenn man es genau bedachte, konnte er es vermutlich sogar.

Ich packte Jacob um die Taille und zog ihn hinunter auf den Boden. »Jetzt hör mir mal zu, du kleines Biest. Du bleibst hier, bis das letzte Wahllokal im letzten Wahlbezirk die Ergebnisse durchgegeben hat. Sonst ... Sonst steck' ich dir den Kopf in die Schüssel mit Popcorn.«

Jacob starrte mich an und begann dann zu weinen. Fünf Minuten später war er auf meinem Schoß eingeschlafen.

Ich blieb die ganze Nacht sitzen und sah zu, wie die Ergebnisse hereinkamen. Es gab keine Überraschungen. Hawthorne gewann mit Abstand. Gegen ein Uhr morgens begann die Siegesfeier. Ballons trieben zu Hunderten gegen die Decke des Beverly Hills Hotels, als die Würdenträger vor den Kameras aufmarschierten und dämliche Sprüche von sich gaben. Nach einer ausreichenden Wartezeit, in der die Spannung zum Siedepunkt stieg, erschien der Kandidat samt Gattin. Das Pandämonium war vollständig, als eine siebenköpfige Combo den eigens für diesen Zweck komponierten, bedeutungslosen Schlager intonierte.

Dann hob Hawthorne die Handflächen nach vorn und bat um Stille. Ich hörte nicht zu, was er danach sagte. Mein Blick war auf das Publikum gerichtet, suchte Sebastian. Drüben auf der Tanzfläche, an den Tischen mit Erfrischungen, unter der Kolonnade — ich konnte ihn nirgends sehen. Ich erkannte Sugars, der in der Nähe des Podiums stand, mit einem Notizblock in der Luft herumwedelte und einen Techniker anbrüllte — aber ich sah nichts vom County-Koordinator. Dabei fand ich, daß er einfach dorthingehörte. Immerhin war er nach all den Jahren frei von der Bevormundung seines Vaters. Das war vielleicht noch wichtiger, noch besser für ihn.

Ich schaute Jacob zu, der auf meinem Schoß schlief. Und Simon, auf dem Sofa, den Daumen im Mund. Vater sein war gar nicht so leicht. Ich fragte mich, ob ich nicht unbewußt meine Söhne genauso nachteilig beeinflußte, wie das Procari mit Sebastian getan hatte. Hoffentlich nicht.